RUTH BEHAR

Ruth Behar nació en La Habana, Cuba, creció en Nueva York y también ha vivido en España y México. Además de escribir para jóvenes, su trabajo incluye poesía, recopilada en una edición bilingüe, *Everything I Kept/Todo lo que guardé*, y los aclamados libros de viaje *Una isla llamada hogar* y *Un cierto aire sefardí*, que exploran sus viajes de regreso a Cuba y la búsqueda de su hogar. Fue la primera latina en ganar una beca MacArthur "Genius". Obtuvo una beca John Simon Guggenheim y fue nombrada "Gran Inmigrante" por la Carnegie Corporation. Actualmente es profesora de antropología en la Universidad de Michigan y vive en Ann Arbor, Michigan.

MI BUENA MALA SUERTE

Mi BUENA MALA SUERTE

Ruth Behar

TRADUCCIÓN DE KIANNY N. ANTIGUA

Vintage Español

Penguin
Random House
Grupo Editorial

Originalmente publicado en inglés bajo el título *Lucky Broken Girl* por Nancy Paulsen Books,
una división de Penguin Random House LLC, Nueva York, en 2017.

Primera edición: abril de 2022

Copyright © 2017, Ruth Behar
Copyright © 2022, Penguin Random House Grupo Editorial USA, LLC
8950 SW 74th Court, Suite 2010
Miami, FL 33156
Publicado por Vintage Español,
una división de Penguin Random House Grupo Editorial
Todos los derechos reservados.

Traducción: Kianny N. Antigua
Diseño de cubierta: Kristin Smith
Ilustración de cubierta: © 2017, Penelope Dullaghan
Diseño de interiores: Marikka Tamura

Impreso en México / *Printed in Mexico*

ISBN: 978-0-593-31349-7

22 23 24 25 26   10 9 8 7 6 5 4 3 2 1

Para mi hijo, Gabriel,
a quien también hirieron cuando era niño y se
recuperó, y a los niños de todas partes que
sufren y buscan una esperanza.

ÍNDICE

Parte I

SEÑORITA RAYUELA REINA DE REINAS

yo no soy tonta

Cuando vivíamos en Cuba, yo era inteligente, pero cuando llegamos a Queens, en la ciudad de Nueva York, en los Estados Unidos de América, me volví tonta, simplemente porque no podía hablar inglés.

Entonces me pusieron en la clase de los tontos, en 5.º curso, en la escuela P.S. 117. Es la clase de los niños que reprobaron matemáticas y lectura. Allí también hay niños a quienes los maestros llaman "delincuentes." Llegan a la escuela tarde, son respondones y siempre están masticando chicle. Aunque son considerados niños malos, la mayoría me trata bien. "Toma, Ruthie, ¡coge un chicle!", me susurran y me pasan un puñado.

Se supone que no deberíamos masticar chicle en la escuela, así que los guardamos en la boca hasta que salimos al recreo. Entonces los masticamos hasta el cansancio y los pegamos en la parte inferior de nuestros pupitres cuando regresamos a clase.

La mayoría de los niños sabe que yo estoy en esta clase porque soy de otro país, no porque pertenezco a ella. ¿O quizás sí? Hace ocho meses que empezó la escuela y nuestra profesora prometió que yo no estaría aquí por mucho tiempo.

Yo no soy tonta. Yo no soy tonta. Yo no soy tonta…

La primera vez que tuve el valor de levantar la mano en clase fue varias semanas después de haber llegado de Cuba. Llevaba unas chancletas en vez de zapatos y medias como los otros niños. Pero, cuando la maestra, la señora Sarota, me pidió que resolviera el problema de matemáticas, yo no tenía las palabras para decir los números en inglés.

—¿Y entonces, Ruth? —preguntó mirándome los pies—. ¿Te sabes la respuesta o no?

Me congelé y algunos niños se rieron de mí. Pero no Ramu.

Él tampoco es tonto. Ramu está en nuestra clase porque también es de otro país. Él viene de la India, y allá lo crio su abuela, que solo habla la lengua que se llama bengalí. Su mamá y su papá vinieron a Nueva York primero, y después de que consiguieron suficiente dinero, trajeron a Ramu y a su hermanito Avik.

Ramu ha aprendido inglés más rápido que yo porque sus papás hablan inglés y lo obligan a hablarlo en la casa. Los míos siempre me están gritando "¡Habla español!". Especialmente Mami, que entiende un poco de inglés, pero casi siempre le da vergüenza hablarlo.

Ramu es flaco e inclina la cabeza cuando le hablan. Yo soy su única amiga y eso es porque su apartamento queda en el mismo piso que el nuestro, en el sexto. Ramu lleva a Avik a la escuela y yo llevo a mi hermano Izzie. Nuestros hermanitos están en la misma clase de kínder, pero al salir de la escuela, Ramu y Avik corren a su casa. La señora Sharma no los deja jugar con los otros niños.

Su apartamento huele distinto al nuestro. Me da el olor cada vez que me topo con él en el corredor, camino a la escuela. Hoy, cuando Ramu y Avik salieron al pasillo, Izzie y yo estábamos esperando el ascensor, y les pregunté: "¿Qué perfume es ese?".

—Es el curry de mi mamá —dijo Ramu.

—¿Qué es curry?

—Una especia. Hace que todo sepa rico, hasta la coliflor.

—¡Qué bárbaro!

—Sí, así es. Y mi mamá quema incienso de sándalo. Ella dice que es bueno para meditar y a los espíritus también les gusta.

—¿Espíritus?

—Personas que solían estar vivas, y que cuando ya no lo están, se convierten en espíritus. Mi abuela dice que siempre están a nuestro alrededor. No los podemos ver, pero ellos nos protegen. Por supuesto, los espíritus no comen, pero pueden oler cosas fragantes como el curry y el incienso.

Durante el almuerzo en la cafetería, Ramu me ofrece algo que guardaba en su lonchera, un tipo de empanada llena de puré de papa que hizo su mamá.

—Es una samosa —me dice—, pero tal vez te la encuentres muy picante.

Algunos niños en la mesa fingen que se tapan la nariz. Uno dice: "¡Huele a sobaco sudado!".

—¡No es cierto! —grito en respuesta.

Le doy una primera mordidita. Sabe a papa rellena, como me la preparaba de merienda Caro, mi niñera en Cuba. Al comer la samosa de Ramu siento que ni Caro ni Cuba están tan lejos.

—¡Está muy buena! Gracias, Ramu.

Ramu me sonríe con timidez. "Me alegra mucho que te haya gustado".

Le rogué a Mami que hiciera pastelitos de guayaba cuando Izzie y yo llegamos a casa. Al día siguiente, le di uno a Ramu durante el almuerzo.

—Está relleno de guayaba. Ojalá que te guste —le digo.

Ramu se lo come con lentitud, sin decir una palabra. Cuando termina, finalmente dice: "Me gustan las guayabas. También las tenemos en la India". Y yo suspiro con alivio.

—¿Y tienen mangos en la India?

—Oh, sí, mangos dulcísimos.

—¡Igualito que en Cuba!

—No solo extraño los mangos —dice Ramu—. Extraño salir a la calle y jugar con mis amigos. Mi mamá se preocupa demasiado por nosotros. No nos deja hacer nada solos.

—Yo sé a qué te refieres. En Cuba, hasta cuando tenía cinco años, mi mamá me dejaba coger un taxi yo solita para ir a visitar a mi tía Zoila, que acostumbraba a hacerme lindos vestidos. ¿Te imaginas?

—Sí, aquí todo es distinto —dice con una mirada lejana en los ojos.

—¡Pero, tal vez, un día, los dos podamos probar mangos en India y en Cuba! —digo, tratando de levantarle el ánimo.

—Oh, Ruthie, ¡me gusta que tengas tanta imaginación!

Ramu y yo nos sentamos juntos todas las tardes, después del almuerzo en la escuela, para practicar nuestro inglés.

Nuestro cuento favorito es "La princesa que no podía llorar", que trata de una princesa que está bajo un hechizo maligno y se olvida de cómo llorar. Se ríe de todo, hasta de las cosas tristes. Cuando le botan todos sus juguetes desde la torre más alta del castillo, ella se ríe, aunque se siente terrible.

Una niña en harapos llega y anuncia: "He venido a ayudar a la princesa a llorar".

La reina le dice: "Prométeme que no le harás daño a mi hija".

La niña en harapos hace una reverencia y responde: "Prometo, Su Majestad, que no causaré daño a su hija. Solo quiero ayudarla".

Va a una habitación con la princesa y saca dos cebollas de su bolso.

"Pelemos estas cebollas", la niña en harapos le dice a la princesa.

Y a medida que la niña en harapos y la princesa remueven las capas de las cebollas, las lágrimas empiezan a brotarles de los ojos.

¡Así es como la princesa aprende a llorar!

El hechizo maligno se rompió, y a la niña en harapos y a su madre les dieron una linda casa junto al castillo, donde vivieron felices para siempre.

—¡Ese es el mejor cuento! —le digo a Ramu cuando él termina de leer en voz alta.

—Sí, tienes razón. Está muy bien —él responde—. Muy bien, en efecto.

—Ramu, tú siempre hablas un inglés muy fino.

—Como hablan en Inglaterra. Es el inglés *of the Queen*, de la reina, como puedes ver.

—¡Anjá! ¡Y ahora nosotros vivimos en Queens! —le digo en broma.

—Muy encantador, Ruthie. Eso es casi gracioso.

—¡Vamos a pedirle a la señora Sarota que nos haga una prueba! —le digo a Ramu.

—Pero ¿puedes preguntarle tú, Ruthie, por favor? Verás, en la India, nosotros no hablamos con los maestros a menos que los maestros se dirijan a nosotros.

—Está bien, yo le pregunto. Yo no le tengo miedo a la maestra.

La señora Sarota se acerca a nuestro pupitre y yo le digo: "Yo y Ramu estamos listos para cambiarnos al salón de clase de los inteligentes".

—En inglés se dice "Ramu y yo". "Yo y Ramu" es incorrecto.

No me desanimo. Repito: "Ramu y yo estamos listos para cambiarnos al salón de clases de los inteligentes".

—No me diga, señorita. ¿Los dos?

—*Yeah*, señora Sarota —le respondo tratando de controlar la risa.

La señora Sarota se hace un moño alto que parece un nido y hoy está torcido.

—Muy bien, señorita. ¿Cuál de ustedes puede deletrear la palabra *commiserate*?

Ramu se equivoca, pero yo la deletreo correctamente, dos emes y una sola ese.

Ella no pregunta, pero yo también sé lo que significa esa palabra. "Compadecerse" es sentir pena por alguien que tiene mala suerte.

—Muy bien, Ruth. Estoy de acuerdo con que estás lista para pasar de curso. Pero recuerda que lo correcto es decir *Yes* en vez de *Yeah*. El lunes, puedes unirte sin problemas a la clase de quinto regular.

Veo a Ramu mirar hacia el suelo con tristeza. No es justo. Él sabe más inglés que yo. Él habla como la mismísima reina de Inglaterra.

—Por favor, señora Sarota, ¿puede darle otra oportunidad a Ramu? Dele una palabra más difícil a ver si puede deletrearla. Por favor.

Los ojos de la señora Sarota se iluminaron de repente.

—Dijiste la palabra mágica, "por favor". Ramu, ¿puedes deletrear la palabra *souvenir*?

Yo la habría deletreado mal, pero Ramu sabe cómo deletrearla correctamente.

—Excelente, Ramu. Tú también pasaste —dice la señora Sarota—. El lunes, tú y Ruth pueden unirse a la clase de quinto regular.

—Señora Sarota, usted es muy amable —dice Ramu con su tono más respetuoso.

Ramu me dedica una de sus sonrisas tímidas y eso es suficiente agradecimiento para mí.

Yo sabía que no era tonta. Sabía que Ramu tampoco era tonto.

Es viernes. Después del fin de semana, cuando regresemos a la escuela, ambos estaremos en nuestra nueva clase con los chicos inteligentes.

¡Yupiii!

Recojo mis libros y me despido de los otros niños. Uno de ellos parece triste porque me voy y me da algunos chicles. "¡Puede que los necesites!".

Ojalá que todos los chicos pudieran venir con Ramu y conmigo a la clase de los inteligentes. No creo que ninguno de ellos sea en verdad estúpido. Es solo que encuentran la escuela aburrida. Prefieren jugar todo el día.

A coro gritaron: "*Bye*, Ruthie! ¡Adiós! ¡Estudia mucho o te van a mandar de regreso para acá!".

botas gogó

Los edificios de nuestra calle están hechos de ladrillos viejos y todos se ven exactamente iguales. Si no te sabes el número de tu edificio, estás perdido. Mi hermano Izzie y yo ya conocemos nuestro edificio, pero todavía caminamos juntos a casa desde la escuela, tomados de la mano, como si hubiéramos llegado ayer a Nueva York.

La yerba ha pasado de blanca como la nieve a marrón manchado y luego a un color verde esperanzador, y los dientes de león están brotando de ella. Ojalá pudiera correr descalza como lo hacía en La Habana. Había un parque cerca de nuestra casa con árboles gigantes de higuera bajo los que podías acostarte, y yerba ondulada que te hacía cosquillas en los dedos de los pies cuando corrías. Pero la mayoría de la yerba aquí tiene cercas de alambre alrededor que te cortan los dedos si las tocas y letreros que dicen *Keep Off the Grass!* ¡Manténgase alejado del césped!

Estamos cerca de nuestro edificio cuando una muchacha de nombre Danielle me llama: "Ruthie, Ruthie", y nos alcanza.

Danielle es de Bélgica y actúa de manera muy sofisticada. Tiene el cabello negro sedoso que le llega hasta los hombros y se mueve a la perfección. Parece que podría estar en la televisión. Con mis colas despeinadas y mi vestido del sótano de las gangas, cuando estoy cerca de la señorita Mademoiselle Danielle, me siento como la niña en harapos de los cuentos de hadas que lleva un bolso de cebollas. Hoy, ella lleva una blusa castaño claro con adornos de encaje y una falda plisada azul. Y tiene puestas unas botas gogó nuevas. ¡Unas botas gogó negras! Ella también acaba de llegar a Nueva York, pero la pusieron en la clase de los niños inteligentes porque habla francés e inglés.

—¿Quieres jugar a la rayuela? —dice Danielle.

—Sí —respondo—. Siempre quiero jugar.

—*Très bien* —dice y sonríe.

Danielle cruza la calle, caminando elegantemente con sus botas gogó negras hacia un edificio tan sombrío y tétrico como el nuestro. Antes de desaparecer, se vuelve y saluda: "¡Nos vemos aquí en un minuto!".

Izzie y yo echamos una carrera para ver quién entra primero al ascensor. Llego un segundo antes que él y presiono el botón para el sexto piso. Cuando la puerta se cierra, jadeamos porque nos hemos quedado sin aliento. Estamos ansiosos por quitarnos la ropa de la escuela y salir a jugar. Tenemos todo el fin de semana. No hay clases hasta el lunes.

¡Yupiii!

Tan pronto como entramos a nuestro apartamento, puedo oler el dulce aroma a rosas del jabón Maja de Mami, que viene envuelto en papel *crêpe* con la imagen de una bailarina de flamenco española con un traje rojo y negro, y el Old Spice de Papi, que él se salpica en las mejillas antes de ir a trabajar.

Mami nos espera en la puerta y nos da un abrazo y un beso. Ella siempre se ve tan bonita como si fuera para una fiesta. Lleva su ropa de Cuba —un vestido de bolitas con botones en la parte delantera y un cinturón ancho de cuero— y tiene puestos sus tacones altos y usa su pintalabios rojo. "Una esposa tiene que lucir lo mejor posible cuando su esposo llega a casa", dice siempre.

—¡Mami, me embarraste con el pintalabios! —Izzie grita, limpiándose la mancha del cachete.

—Lo siento, mi niño. Es que siempre estoy tan feliz de verte —nos dice en español.

Mami señala la mesa del comedor, donde hay dos sándwiches de queso a la parrilla y dos vasos de leche con chocolate.

—¡Solo queremos salir a jugar! —Izzie se queja.

—Si no comes, te desmayas —le dice Mami—. Se van a desmayar.

Nos atragantamos los sándwiches y nos bebemos la leche y Mami se para detrás de nosotros tratando de que disminuyamos la velocidad. "¡Niños, no tan rápido!".

Pero nada puede mantenernos a Izzie y a mí encerrados en la casa mientras brilla el sol. Saltamos de las sillas, nos ponemos la ropa de jugar y corremos hacia la puerta. Recuerdo coger algo de tiza y metérmela en el bolsillo de la chaqueta.

Mami nos detiene y nos recuerda que no regresemos tarde a casa. Debemos tener las manos limpias y estar sonrientes y listos para besar a Papi en el momento en que entre por la puerta, o él se enoja.

¡Finalmente salimos!

Izzie dice: "¡Echemos una carrera! ¡Yo voy a bajar corriendo los escalones y tú coges el ascensor!".

—¡Está bien, Izzie! Veamos quién llega primero.

Efectivamente, Izzie llega al primer piso justo cuando la puerta del ascensor se abre.

—¡Vaya, lo lograste, Izzie!

Mi hermanito se siente tan orgulloso de sí mismo. Es lindo, con su cerquillo alocado y dos ventanitas donde se supone van los dientes de adelante.

—Ahora veamos si les puedo ganar a los otros chicos jugando al cogido. Son muy rápidos —dice, y suena preocupado.

—Ganarás, Izzie, ya verás.

Y se escabulle hacia "la parte de atrás", un callejón detrás de nuestra hilera de edificios donde los chicos corretean y se persiguen durante horas y horas.

Tiza azul y rosada en mano, reclamo la acera frente a nuestro edificio para mi tablero de pon, como decíamos en Cuba, o rayuela como lo llama Danielle. Me agacho para dibujar los cuadrados del juego y añado flores en las cuatro esquinas.

Cuando levanto la vista del dibujo, Danielle está allí.

—¡Qué bonita rayuela estás dibujando, Ruthie!

Danielle todavía luce finísima con su elegante ropa escolar. ¿No le preocupa ensuciarla? ¿No la regañará su mamá? ¡Pero lo que me da más envidia es que Danielle todavía lleva puestas sus botas gogó negras! Y yo tengo puestos mis tenis viejos, con boquetes formándose alrededor de mis dedos gordos.

Le he estado rogando a Mami por un par de botas gogó desde que vi a la señorita rubia en la televisión usándolas y cantando la canción "These Boots Are Made for Walkin". Y no puedo dejar de tararear esa canción tan pegajosa:

These boots are made for walkin'
And that's just what they'll do
One of these days these boots
Are gonna walk all over you!

Ahora Danielle, luciendo superadulta en sus botas gogó negras, anuncia: "¡Yo iré primero!".

Ava y June, que viven en el edificio del lado, vienen a jugar con nosotras. Son simples niñas americanas. Ellas solo hablan inglés. Nunca sueñan con una hermosa isla perdida. Se sorprenden cuando me escuchan hablar español con Mami.

—¿Por qué hablas otro idioma? —me preguntan.

—Porque somos de Cuba, por eso.

—Oh —responden, y no saben qué más decir.

Se quedan mirando a Danielle saltar de un cuadrado a otro en la rayuela con sus botas gogó, ligeras como el aire.

Yo no soy liviana como Danielle, pero soy fuerte y logro dos cuadrados más arriba en la rayuela.

A Danielle no le importa en absoluto. Ella sonríe y dice: "¡Muy bien, Ruthie! ¡Eres excelente en la rayuela! ¡Eres la Señorita Rayuela Reina de Reinas!".

Ella pronuncia la palabra *hopscotch*, rayuela en inglés, extendiendo el sonido de la *shhh* al final de la palabra con acento francés. Suena glamoroso.

Ava y June se turnan después de Danielle y de mí. Las cuatro seguimos jugando una ronda tras otra. Yo puedo tirar la piedra más lejos y saltar más alto que Danielle, Ava y June. ¡Sí, sí! ¡Yo soy la Señorita Rayuela Reina de Reinas! ¡Yupiii!

No paramos de jugar hasta que el cielo oscurece y pierde todo su azul.

Estoy feliz de ser la Señorita Rayuela Reina de Reinas.

Pero aún quisiera tener botas gogó.

—Adivina qué, Danielle —le digo.

—¿Qué, Ruthie?

—Me cambiaré a tu clase el lunes.

—¿De verdad? *C'est magnifique!*

Esas palabras simplemente salen rodando de la lengua de Danielle. Entonces ella mira su reloj. Ella es la única niña que conozco que usa un reloj y la pulsera es un brazalete de oro reluciente.

—Disculpen, amigas mías, debo irme. Mi madre me espera para cenar.

Ella salta con sus botas gogó negras y, a mitad de la cuadra, se da la vuelta y me sonríe y dice: "Adiós, *chérie, bye, bye*".

deja de llorar por Cuba

Cuando Mami me ve sudorosa de jugar a la rayuela, niega con la cabeza.

—Ruti, lávate la cara y las manos, y ponte un vestido limpio. Luego, ven a ayudarme con la comida.

—¡Danielle tenía puesta su ropa bonita para jugar a la rayuela y tenía botas gogó nuevas!

Mami frunce el ceño y dice: "Mi niña, no empieces con eso de nuevo. Tú sabes que no podemos darnos el lujo de botas gogó". Mami siempre me recuerda lo duro que Papi trabaja para pagar la renta.

Solo tenemos una habitación en nuestro apartamento, y Mami y Papi nos la dieron a Izzie y a mí. Consiguieron un sofá Castro para ellos que también funciona como cama. Todas las noches, Mami abre el sofá y hace la cama, metiendo las sábanas en el marco de alambre que le araña las manos. Y todas las mañanas la vuelve a convertir en sofá, doblándola como un acordeón. Suspira cuando abre y cierra el sofá.

Mami extraña Cuba, donde teníamos un apartamento con dos habitaciones y un balcón con vista al mar que dejaba entrar la brisa y el sol. Ella extraña estar de pie en el balcón y bajar la canasta con una cuerda para que la vendedora ambulante la llene de piñas y cocos. Echa de menos a la gente que te sonríe en la calle, aunque no sepan quién eres. Y extraña las altas palmeras que le hacen cosquillas al cielo. Ahora ella y Papi tienen que dormir en un sofá cama incómodo llamado Castro, el nombre del hombre que les robó su país.

A veces, la tristeza de Mami es tan intensa que no puede contener las lágrimas, pero casi siempre llora cuando Papi no está en casa. Él se enoja cuando ella llora. Quiero volver a escuchar a Mami reír como lo hacía cuando vivíamos en Cuba.

En la habitación noto que falta mi muñeca de trapo. Por lo general, está sentadita en mi cama, encima de mi almohada.

Corro de regreso a la cocina.

— Mami, ¿dónde está mi muñeca de Cuba?

—Se estaba cayendo a pedazos. ¿No te diste cuenta de que el relleno se había salido y que se le estaba pegando a todo?

—Pero ¿dónde está?

—La tiré a la basura.

—Mami, ¿por qué? Esa era mi muñeca de Cuba.

—Te conseguiremos una muñeca nueva cuando tengamos un poco de dinero. Ahora date prisa y cámbiate para que puedas ayudarme.

—¡Mami, eso no estuvo bien! Debiste haberme preguntado primero.

Yo sabía que me estaba haciendo demasiado grandecita para irme a dormir abrazando una muñeca, pero con ella en los brazos sentía que Cuba no estaba tan lejos. Ahora ella se ha ido y siento que podría llorar. Pero quiero ser fuerte, no débil y triste como Mami, así que trato de animarme.

Decido ponerme mi vestido con volantes que tiene capas de encaje. Es el vestido que tenía puesto cuando salimos de Cuba hace un año.

Busco en el armario, pero no lo encuentro.

—Mami, ¿dónde está mi vestido de Cuba?

—Le di ese vestido a Sylvia, para que tu prima Lily le dé uso.

—¡Pero ese era mi vestido favorito! —grito.

—¡No me grites! Y no seas egoísta. Tú sabes que ese vestido ya no te servía.

—¡No es cierto! Me lo podía poner. Solo tenía que aguantar la respiración.

—Te la pasabas desgarrando las costuras y me cansé de coserlas.

—Mami, ¿por qué me estás quitando todas mis cosas de Cuba?

Siento las lágrimas tratando de salir de mis ojos. Pero hago que se detengan.

—Ruti, deja de discutir. Estás perdiendo el tiempo. Papi llegará en cualquier momento. La comida tiene que estar lista cuando él entre por esa puerta.

Mami cocinó un gran caldero de arroz con pollo, un arroz amarillo y espeso mezclado con trozos de pollo. Lo saca cucharada a cucharada y crea una enorme montaña en un plato ovalado y largo.

Ella me ve mirándola y se acerca y me abraza.

—Ruti, lamento haber botado tu muñeca y haber regalado tu vestido de Cuba. Pero intento olvidarme de Cuba. ¿Entiendes?

—Me imagino, Mami —suspiro.

Incluso cuando Mami hace algo mal, no puedo quedarme enojada por mucho tiempo porque siento pena por ella. Esa palabra largota que tuve que deletrear hoy para salir de la clase de los tontos es lo que siento por Mami. Siempre trato de compadecerme de ella.

—¿Puedo decorar el arroz con pollo?

—Sí, mi niña.

Tomo algunas rodajas de pimiento rojo que Mami asó en el horno y chícharos verdes de una lata de Green Giant y las coloco en la pila de arroz con pollo. Hago pequeños remolinos con los pimientos y circulitos con los chícharos.

Cuando estoy terminando, Izzie entra con la ropa cubierta de lodo.

—¡Date prisa, lávate la cara y cámbiate esa ropa sucia antes de que llegue Papi! —dice Mami.

Siempre tenemos miedo de molestar a Papi. Así que es una gran sorpresa cuando Papi llega a casa con una sonrisa en el rostro. Fue a la barbería y se recortó el pelo rizado y el espeso bigote. ¿Qué es eso que trae? Es una bolsa de compras...

—Para ti, Ruti.

Un regalo, ¡para mí! Una caja, ¿será cierto?

¡Sí! ¡Botas gogó blancas!

Me sirven perfectamente.

—¡Gracias, Papi, gracias!

Le doy un beso en la mejilla.

Me pide que también le dé un abrazo.

Le doy un abrazo y le digo:

—Me encantan las botas, Papi. Pero ¿no tenían negras?

Papi dice:

—Las botas gogó negras son para señoras. Tú eres una niña linda. Las botas blancas son mejores para las niñas lindas. Prométeme que siempre serás una niña linda.

—Sí, Papi, ¡sí!

Papi saca un paquetito del bolsillo de su traje.

—Y esto es para Izzie.

Izzie está tan feliz que abre el paquete enseguida. Dentro hay un carro de juguete Matchbox, un Cadillac azul. A Izzie le encanta jugar con carritos. Salta a los brazos de Papi y grita: "¡Gracias, Papi, gracias!" y lo besa en la mejilla.

—Me alegro de que te guste el carrito, mi niño, pero no me beses, ¿está bien? Tú puedes besar a tu mami, pero no a tu papi. Los hombres no se besan. Los hombres se dan la mano.

El buen humor de papi hace que todo en casa sea mucho mejor.

¡Me encantan mis botas gogó! Decido que las botas blancas son más bonitas, después de todo. Ojalá pudiera salir corriendo en medio de la noche y bailar con ellas puestas. Como son botas blancas, brillarían en la oscuridad como dos lunas. No puedo esperar para mostrárselas a Danielle, a Ava y a June, y a todas las niñas de la escuela.

—¿Puedo ponerme mis botas gogó ahora, Papi? ¿Mientras cenamos?

—Adelante, mi niña. Disfrútalas —dice, aflojándose la corbata y sentándose en su silla, en la cabecera de la mesa.

Cruzo las piernas debajo de la mesa y siento la bota izquierda saludando a la derecha. ¡Mis botas tienen tacones! Reclinada en la silla, mis pies ahora tocan el suelo. Y eso me hace sentir mucho mayor.

No somos muy religiosos, pero hoy Mami compró un pan de Shabat.

Papi recita la bendición hebrea y luego corta un trozo de pan para cada uno de nosotros y dice:

—Tenemos la suerte de vivir en un país libre y tener este pan para comer.

Mami trae el arroz con pollo de la cocina.

—Mira, Papi, ¡yo lo decoré!

—Muy bien, Ruti, muy bien. Me alegro de que estés ayudando a tu mami.

Mami le sirve a Papi primero, luego a Izzie y a mí, y para ella se saca al final.

Pero Papi no quiere comer. Parece decepcionado por la comida en su plato.

—Rebequita, mi amor, ¿no hay una pechuga de pollo por ahí que puedas darme?

—Hoy no hay pechugas de pollo. Tengo muslos. Estaban más baratos.

—Pero tú sabes que no me gustan los muslos de pollo.

—Lo siento, pensé que mezclados con el arroz te gustarían.

—Me como el arroz.

—Alberto, yo no quiero hablar de esto, pero Ruti no necesitaba un par de botas en este momento. Mayo ya casi está aquí. E Izzie tiene muchos carros de juguete.

Eso es todo lo que se necesita para que Papi se enoje. Golpea la mesa con el puño y grita:

—¿Quién eres tú para cuestionar mis decisiones? ¡Yo soy el hombre de esta casa! Yo me gano el dinero y lo puedo gastar como me dé la gana. Tú dijiste que la niña estaba desesperada por unas botas gogó, así que se las compré. Y al chiquito le encantan los carros y creo que eso está bien.

—Perdón, yo no puedo hacer nada bien —Mami responde en una voz tan suave que se desvanece.

Me siento mal por Mami, pero no quiero renunciar a mis botas gogó. Me levanto de un salto y digo:

—¡Esperen! ¡Tengo una idea! —Corro a la habitación y regreso con mi alcancía. Está llena de monedas de un centavo—. ¡Aquí, miren! Tengo dinero.

—Llévate eso de aquí —Papi dice con brusquedad—. Basta de hablar de dinero.

Terminamos de cenar en silencio. Mami, Izzie y yo nos comemos todo en nuestros platos. Papi, irritado, escrudiña a través del arroz con pollo, empujando los trozos de pollo hasta el borde del plato.

Mientras camina de puntillas recogiendo la mesa alrededor de Papi, Mami dice:

—Invité a la familia a comer postre. Llegarán en cualquier momento.

—Debiste haberme preguntado primero —responde Papi—. ¿Qué tal que yo no quiera ver a nadie en este momento?

Pero es demasiado tarde. Suena el timbre y ahí están mis abuelos, Baba y Zeide. Detrás de ellos vienen tía Sylvia y tío Bill, que nació en El Bronx y por eso le decimos El Americano. Y mis primos Dennis y Lily, que son gemelos, tienen la misma edad que Izzie y son tan salvajes como él.

Baba y Zeide viven en el tercer piso. Sylvia, Bill, Dennis y Lily viven en el cuarto piso. ¡No tienen que viajar muy lejos para visitarnos!

—¿Todos quieren un cafecito? —pregunta Mami y sus ojos se iluminan.

Todos los adultos dicen que sí.

Mami sirve el café cubano en tazas diminutas que parecen de juguete. Los niños no podemos tomar café cubano. Es demasiado fuerte.

—Delicioso, Rebeca —dice tío Bill con su marcado acento americano.

Zeide mete la mano en el bolsillo de su traje y saca cuatro Tootsie Rolls. Siempre tiene caramelos en el bolsillo para nosotros.

—¿Quieren caramelos, *kinderle*? —nos pregunta. Zeide nació en Rusia y mezcla español y yiddish cuando habla.

Todos decimos que sí y cada uno toma un Tootsie Roll de sus grandes manos y le damos un abrazo.

Mami les sirve a todos gruesas porciones de su pegajoso flan. El caramelo que lo cubre está hecho de azúcar quemada que sabe dulce y también un poco amargo.

—Hermanita, haces el mejor flan de todas las personas que conozco —dice tía Sylvia en inglés, para que tío Bill, Dennis y Lily entiendan, ya que no hablan español. Luego agrega—: Muy rico.

Mami sonríe con su sonrisa triste.

—No es tan bueno como el flan que solía hacer en Cuba. El azúcar no es igual aquí. Y la leche es tan aguada.

A Baba no le gusta cuando Mami se queja.

—Escúchame, mi hija, el flan es tan bueno como en Cuba. Olvidémonos que alguna vez vivimos allí —dice en español. Luego, para mostrar el inglés que está aprendiendo en la escuela nocturna, agrega—: Mi hija querida necesita entender que es necesario avanzar, no retroceder.

Tío Bill, con su voz retumbante, dice:

—¿No te alegra estar en un país libre?

Papi niega con la cabeza y suspira. Intenta hablar inglés, pero lo mezcla con español.

—*My wife* no sabe apreciar que puede quejarse todo lo que quiera *because she is* en Estados Unidos. Este es un país libre, el mejor país *of the world*.

Mami se limpia las lágrimas con su pañuelo cubano bordado, que creo que es demasiado bonito para que lo manche con su tristeza.

Intento mejorar las cosas diciendo:

—¡Adivinen qué! ¡Miren! ¡Tengo botas gogó nuevas!

—¡Son muy bonitas, Ruthie! —dice Lily y se vuelve hacia tía Sylvia—. ¡Mami, Mami, yo quiero unas botas como las de Ruthie!

—Estás demasiado chiquitita para botas como esas —dice tía Sylvia—. Solo tienes cinco años. Espera a que seas mayorcita. Tal vez Ruti te dé sus botas cuando ya no le sirvan, así como te da sus vestidos. —Me guiña un ojo—. Ruti, ¿quieres dárselas cuando ya no te sirvan?

—¡Sí, lo prometo! Y las voy a cuidar mucho, para que estén como nuevas. ¿Está bien, Lily?

Lily asiente.

—Supongo que sí. Pero quiero crecer rápido.

—Lo harás, cariño —dice tío Bill—, más rápido de lo que puedes cantar *Skip to My Lou*.

Entonces recuerdo que no he compartido mi buena noticia.

—¡Mami, Papi, tío Bill, tía Sylvia, Baba, Zeide! ¡Adivinen qué! ¡Me ascendieron a la clase de niños inteligentes! Voy a empezar el lunes. ¿No es genial?

—Muy bien, Ruthie —dice tío Bill—. De verdad que estás aprendiendo mucho inglés.

—La maestra me hizo una prueba con una palabra difícil de deletrear: *commiserate*. ¡Y lo hice bien!

—Sí que es una palabra difícil. ¿Sabes lo que significa? —pregunta tío Bill.

—Significa sentir pena por la mala suerte de otra persona.

—Exactamente, Ruthie. Eres una niña muy afortunada. Tienes suerte de que tus padres te hayan traído a los Estados Unidos. Estudia mucho y llegarás lejos en este país.

—Gracias, tío Bill.

—No me des las gracias, cariño. Dale las gracias a tu papá por haberte traído.

Miro a Papi, que asiente y sonríe.

Luego miro a Mami. Su vista baja. Quiero *commiserate* de ella como siempre lo hago, pero creo que Papi y tío Bill tienen razón. Es hora de que Mami deje de llorar por Cuba.

Me acerco a Mami y la rodeo con los brazos. Mientras la abrazo, le quito el pañuelo de la mano.

—Mami, ¿me das este pañuelo? Ya no tengo mi muñeca ni mi vestido de volantes. Quiero tener algo que me recuerde a Cuba.

Me susurra en español:

—Cógelo, mi niña, cógelo. Ambas intentaremos olvidarnos de Cuba. Ahora estamos en los Estados Unidos. No más lágrimas, mi niña. Solo un futuro feliz y radiante.

Veo a Mami sonreír y tragarse las lágrimas. Solo espero que podamos vivir a la altura de sus valientes palabras.

poco a poco

Le ruego a Mami que me deje acostarme con mis botas gogó. Pero ella dice que no. Sin embargo, desde que me despierto, me las pongo. Todavía en pijama, canto:

> *These boots are made for walkin'*
> *And that's just what they'll do*
> *One of these days these boots*
> *Are gonna walk all over you!*

Como la rubia de la televisión, muevo los brazos y bailo.

Botas, ¿están listas?

Me subo a la cama y me paro derechita con mis botas sobre las sábanas. Brinco. Luego, salto lo más alto que puedo y caigo parada en el suelo.

Izzie entra y grita:

—¿Qué estás haciendo, Roofie? ¡Se lo voy a decir a mami!

—Shhh, no digas nada.

Le muestro que la cama sigue limpia porque las botas son nuevas.

—Estoy aprendiendo a bailar con mis botas. Un día seré famosa. ¡Estaré en la televisión!

—Estás loca, Roofie. —Con el índice alrededor de la oreja, hace la señal de la locura.

—¡No, yo no estoy loca! ¡Estoy feliz! ¡Feliz, feliz, feliz!

—¡Vengan a desayunar! —Mami vocea desde la cocina.

Papi ya se fue a trabajar. Los sábados, tiene un segundo trabajo fumigando apartamentos en Spanish Harlem.

Izzie y yo nos comemos nuestros huevos y tostadas con rapidez, para poder salir corriendo a jugar.

Dejo los platos sucios en el fregadero y Mami me detiene en el momento en que agarro mi tiza.

—Izzie puede ir a jugar, pero necesito que vayas conmigo a hacer las compras.

—¿Pero por qué tengo que ayudar y no Izzie?

—Porque eres mayor. Y eres una niña. Por eso. Ahora, quítate esas botas. Cuestan mucho dinero. No puedes ponértelas todos los días.

—¡No es justo!

—Haz lo que digo. Por favor, Ruti.

Mami me mira con sus ojos tristes y me rindo. Meto mis botas gogó en su caja y me pongo mis tenis viejos.

Es un día soleado, así que bajamos la cuesta hasta Queens Boulevard en vez de tomar la guagua. Arrastro el carrito de la compra detrás de mí, reduciendo el paso para poder caminar junto a Mami, que lleva puestos sus tacones altos. Hay muchas grietas en las aceras y ella debe tener cuidado de no tropezar con sus tacones. Pero Mami siempre los usa. Ella dice que es tan bajita que no quiere que todo el mundo mire hacia abajo para verla.

Salto por encima de las grietas, fingiendo que estoy jugando a la rayuela. Canto la canción que los niños de mi clase me enseñaron:

> *Step on a crack*
> *Break your mother's back.*

Miro a Mami agradecida de que no sepa suficiente inglés para entender.

En Dan's Supermarket, Mami me pide que traduzca al español las etiquetas de todo lo que ve con rebaja en la estantería. ¿Cuál es la diferencia entre la leche normal y la leche desnatada? ¿Qué es un bistec de Salisbury? ¿Cómo se cocina una *TV dinner*? ¿Por qué no tienen helado de coco?

Finalmente, llevamos todos nuestros comestibles a la caja. El cajero es un hombre calvo de ojos amarillos que mira fijamente a Mami como si ella también estuviera en rebaja.

—Veo que tiene Cap'n Crunch, señorita. ¡Buena elección! Es mi cereal favorito —dice en inglés.

Mami no puede entender lo que el hombre dice. Ella se vuelve hacia mí para que le traduzca.

El señor dice que este cereal es muy bueno, que es su favorito —le explico a Mami.

El hombre se lame los labios. *"You are mucho bonita, missus"*.

Veo que a Mami le tiemblan las manos. Se ve asustada, como que quiere salir corriendo. Busco en su cartera y le paso el dinero al hombre.

—Ya, Mami, vamos —digo.

Agarro su mano como si fuera una niña perdida en el bosque. Con la otra mano, agarro el carrito de compras y lo empujo hacia la puerta lo más rápido que puedo.

Cuando llegamos a la casa, ayudo a Mami a limpiar y luego cogemos las sábanas y las toallas y la ropa para lavar y secar en las máquinas que están en el sótano. Es oscuro y espeluznante allá abajo, como un calabozo. Ambas tenemos un poco de miedo mientras esperamos sentadas en un banquito frente a las máquinas.

Mami dice que no podemos subir hasta que esté todo lavado porque alguien se podría robar nuestras cosas.

—¿Por qué querría alguien robarse nuestras cosas viejas? —pregunto.

Mami responde:

—Hay personas incluso más pobres que nosotros.

Son las cuatro de la tarde cuando terminamos.

—¿Ahora puedo salir a jugar, Mami?

—Solo por un momentito. Papi va a llegar pronto. Tú sabes que él llega a casa temprano los sábados.

Bajo corriendo con mi tiza y dibujo una rayuela larga, y le agrego flores a las esquinas otra vez. No hay nadie más afuera, así que juego algunas rondas sola.

Danielle debe verme desde su ventana al cruzar la calle, y Ava y June deben suponer que estoy afuera, porque en unos minutos aparecen las tres.

Jugamos algunas rondas y las gano todas.

Danielle tiene puestas de nuevo sus botas gogó negras.

—¿Adivina qué? —anuncio con orgullo—: ¡Mi papá también me acaba de comprar unas botas gogó!

—Entonces, ¿por qué no las usas? —Danielle responde.

Ava dice:

—Sí, ¿por qué no?

June interviene:

—Si tuviera botas gogó, no me las quitaría nunca.

—Yo no quiero que se me ensucien.

Ava y June se echan a reír.

Ava dice:

—¿Pero recuerdas lo que dice la canción?

Canta, *These boots are made for walkin*, y June se le une: *"And that's just what they'll do"*.

—¡Cállense la boca! —grito—. ¿Creen que no me sé la canción? Las botas cuestan mucho dinero. Tengo que cuidarlas.

Danielle asiente con la cabeza como si entendiera.

—Ruthie, ¿te las vas a poner el lunes para ir a la escuela? ¡Ambas podemos usar nuestras botas! ¿No sería divertido?

—¡Claro! —le digo, esperando que mi mamá me deje ponérmelas para ir a la escuela.

—*Très magnifique!* —Danielle responde con su voz aguda.

Jugamos otra ronda de rayuela, pero he decidido que Ava y June no son en verdad mis amigas. Solo Danielle es mi amiga.

Es mi turno y estoy a punto de lanzar mi piedra sobre la rayuela, pero en eso levanto la cabeza y veo un carro celeste con unas largas aletas blancas que se detiene en la acera. Un hombre de cabello oscuro y bigote oscuro sale y camina hacia mí... ¡Espera, es Papi! ¿Pero cómo puede ser Papi?

—Papi, ¿de quién es ese carro?

—¡Nuestro, Ruti! Lo acabo de comprar.

—Guau, Papi, ¡qué bárbaro!

—Es un Oldsmobile. El carro con el que soñaba en Cuba.

Le doy un beso y un abrazo a Papi, como a él le gusta. Danielle, Ava y June se quedan mirándonos. Quizás sienten envidia. Nadie tiene un carro tan elegante en nuestro barrio.

—¿Podemos ir a dar un paseo? ¡Por favor, Papi!

—Más tarde —dice—. Vamos a darle una sorpresa a tu mamá primero.

—¡Mami se va a poner contenta de que tengamos un carro! ¡Ahora podremos ir a cualquier lugar que queramos!

—Espero que se alegre —Papi suspira—. Nunca se sabe con tu madre.

Toma mi mano y dice: "Bueno, vamos".

—Adiós, Danielle. Adiós, Ava. Adiós, June. ¡Hasta luego!

Tan pronto el ascensor se abre en el sexto piso, salgo corriendo y toco el timbre, emocionada por darle la noticia a Mami. Pero Mami no abre la puerta inmediatamente, así que Papi abre con su llave.

—¿Mami? ¿Mami? ¿Dónde estás?

Mami todavía está en la ventana, donde a menudo se sienta, viendo pasar el mundo. Ahora hay preocupación en su voz cuando dice:

—No me digas, Alberto. No compraste ese carro, ¿verdad que no?

Papi sonríe de oreja a oreja como un niño.

—¡Seguro que sí! Es una belleza y yo siempre quise un Oldsmobile azul cuando vivíamos en Cuba. Ahora estamos en los Estados Unidos y tengo uno.

—Ay, Alberto, pero no tenemos dinero para un carro.

Papi alisa su cabello rizado con las manos y trata de no levantar la voz.

—Tomé un préstamo. Deja de preocuparte. Lo pagaremos poco a poco.

Little by little, poquito a poco (es una de las expresiones favoritas de Papi).

—No necesitamos un carro —se queja Mami—. Esperemos uno o dos años.

Papi cierra el puño de la mano derecha y golpea la palma de su mano izquierda. Grita.

—¡Me rompo la espalda tomando el tren todos los días! ¡Trabajando toda la semana en una oficina funesta sin ventanas y del tamaño de una celda, donde me tratan como si no fuera nadie! Encima de eso, me paso el sábado fumigando apartamentos. Todo lo que hago es apoyarte a ti y a los niños. ¡Así que no me digas tú que yo no puedo tener un carro!

—Lo siento, Alberto —Mami susurra.

Siento miedo por Mami. Tiene puestas las sandalias que solo usa en la casa cuando está muy cansada. Sin sus tacones, se ve más pequeña que pequeña. Tomo su mano, no mucho más grande que la mía. Nos hundimos en un rincón del sofá cama Castro.

Papi nos da la espalda y se aleja. Entra en el baño y cierra la puerta de un portazo. Mami me aprieta la mano. ¿Durará horas enojado? Oímos a Papi abrir la ducha. Esperamos, conteniendo la respiración. Después de unos minutos, comienza a tararear melodías en español.

"Cha-cha-cha, qué rico cha-cha-cha".

Mami y yo sonreímos aliviadas.

—Ay, qué bueno —dice.

Papi regresa a la sala con la ropa limpia que Mami le preparó. Huele como si se hubiera echado toda la botella de Old Spice en las mejillas. Le sonríe a Mami, se sienta y le toma la otra mano. Con voz suave, dice:

—Rebequita, no te preocupes, nos las arreglaremos. Ten un poco de fe en mí. Buscaré un tercer trabajo si llegáramos a necesitar más dinero. Mi gran sueño era tener un carro. No pude tenerlo en Cuba, pero puedo tenerlo en Estados Unidos. ¿Tú no quieres quitarme esa experiencia, robarme mi sueño?

—Alberto, yo quiero que tú seas feliz.

—Yo también quiero que tú seas feliz, Rebequita. Intentemos ser felices, mi amor.

Papi toma a Mami en sus brazos. Se besan y se abrazan. Pero incluso sosteniendo a Mami con fuerza, Papi no suelta las llaves del carro que tiene en la mano derecha.

Oímos el timbre de la puerta sonar, sonar, timbrar. Izzie entra corriendo, con la cara roja y sudorosa, con la ropa enlodada.

—Papi, todos los niños están diciéndolo, pero yo no lo creo. ¿Ese Oldsmobile es de verdad de nosotros?

Sonriendo, Papi responde:

—Sí, niño, es nuestro carro.

—¿Cuándo podemos ir a dar una vuelta, Papi? Por favor, Papi, ¿podemos ir ahora mismo?

Izzie baila en círculos alrededor de Papi como un juguete de cuerda.

Finalmente, Papi dice:

—Hoy tuve un día de trabajo muy largo. Pero mañana saldremos a dar un paseo. Ya verán, niños, esta es la tierra de las oportunidades y poco a poco todos nuestros sueños se harán realidad. Ahora tengo que descansar. ¿Quién me va a traer mis pantuflas?

el Oldsmobile azul de Papi

El domingo, Mami y Papi duermen hasta tarde. Se quedan acurrucaditos bajo las sábanas del sofá convertible Castro, sin prisa por hacer nada, riéndose entre ellos. Incluso después de levantarse y darse una ducha, Mami no se apresura a doblar la cama y convertirla en sofá.

Mientras Papi canta su cha-cha-cha en la ducha, Mami me pide que traduzca la receta de panqueques que está impresa en la caja de Aunt Jemima. Ella me deja romper los huevos y echarlos en la mezcla y hacemos una pila de panqueques. Le digo a Mami que se supone que comamos los panqueques con miel de arce, pero no tenemos, así que les salpicamos azúcar y saben bien.

Después de ayudar a Mami a limpiar todos los platos del desayuno, me da un abrazo y dice: "Gracias, Ruti".

Entonces es hora de prepararse para nuestro primer gran viaje en nuestro Oldsmobile azul. ¡Vamos a Staten Island! Gladys y Oscar, que son amigos de Mami y Papi desde Cuba, viven allí y tienen una bebé que se llama Rosa. Papi dice que será muy fácil llegar a Staten Island en nuestro carro. De lo contrario, tendríamos que tomar dos trenes de Queens a Manhattan y luego el ferry.

Espero con Papi e Izzie en la sala. La cama ha vuelto a ser un sofá. Nos sentamos los tres mientras Mami se peina y se maquilla en el baño.

Después de un rato, Papi se impacienta. Grita:

—¡Vamos! ¡Rápido!

—¡Un momento! —Mami le responde.

Finalmente, Mami aparece. ¡Parece una estrella de cine! Lleva puesto un vestido amarillo con una chaqueta también amarilla que le hace juego. Sus tacones beige combinan con su cartera. Tiene gafas de sol negras redondas y un pañuelo fino atado al cuello para mantener cada cabello en su lugar.

Nos metemos en el Oldsmobile. Mami se sienta al frente con Papi. Yo me siento en la parte de atrás con Izzie. Y tenemos que hacer espacio para Baba. Intentamos que Zeide venga, pero quiere quedarse en casa.

—Estoy cansado de trabajar seis días a la semana en Super Discount Fabric. Necesito descansar —dice.

Zeide y Baba tenían una tienda de telas en Cuba, pero Fidel Castro se las quitó cuando decidió que todo debía ser propiedad del gobierno. Ellos extrañan su tienda en Cuba. Era pequeña, pero era de ellos. Ahora ambos trabajan en Super Discount Fabric en la avenida Roosevelt, una calle llena de inmigrantes como nosotros, que buscan cosas baratas. Baba siempre está tan ocupada que lleva sus tijeras en una cadena alrededor del cuello para tenerlas todo el tiempo listas. Se queja de los dolores de cabeza que le dan por trabajar allí. La tienda está debajo de los rieles del tren número 7 y suena como una maraca.

A Baba le encanta nuestro carro nuevo.

—Conduce suavecito—dice—. Me siento como si estuviera flotando en el mar.

Ella me aprieta la mano con las suyas, que están ásperas por cortar percal y lona todo el día.

Papi conduce bien despacito por la carretera. Los otros carros pasan rapidísimos por nuestro lado. Él se ríe.

—Déjalos que vayan tan rápido como quieran. Ellos no me molestan a mí y yo no los molesto a ellos. Esto es Estados Unidos, un país libre, ¿no?

A mi lado, Izzie juega con su Cadillac de juguete. "Zoom, zoom, zoom", repite, mientras sus pies presionan contra el respaldo del asiento de Papi.

—¡Basta, Izzie! —Papi grita.

Izzie se tranquiliza y me susurra al oído:

—Es una bobería conducir por una hora solo para ver a un bebé durmiendo en una cuna.

—Los bebés son lindos —le digo—. Y tiernos.

—No, no lo son. Lloran mucho. Y se hacen caca en los pantalones.

Pero la bebé está sonriendo cuando llegamos. Solo tiene seis meses y ya puede sentarse. Tiene pequeñas dormilonas de oro en las orejas ya perforadas y, alrededor de su muñeca regordeta, un brazalete también de oro que dice "Rosa". Sus ojos son dos lunas oscuras y cuando te mira parece que puede ver a través de ti.

Gladys dice que, si me siento muy quietecita en el sofá, me dejará cargar a la bebé. En mis brazos se siente muy suave y huele a los panqueques que Mami y yo hicimos para el desayuno. Hasta Izzie, que hace un rato andaba diciendo que los bebés no eran lindos, piensa que es tierna y hace muecas para que Rosa sonría.

Mami le echa un vistazo a los relucientes muebles de madera y a la lámpara de techo de donde cuelgan grandes cristales en forma de lágrima. Mira la alfombra peluda de lana blanca y le dice a Gladys:

—Tienes una casa muy bonita.

—Estamos muy felices aquí. Oscar consiguió un buen trabajo en ingeniería, que le encanta, y gana más que en Cuba —responde Gladys acariciando el reluciente anillo de diamantes en su dedo—. Por supuesto que pueden visitarnos cuando gusten. —Sonríe y le da palmaditas en la mano a Mami—. Mi casa es su casa.

—Si tan solo viviéramos un poco más cerca —Mami suspira.

—Lo sé, Rebequita —gime Gladys—. En La Habana todo era tan distinto. Si necesitaba una taza de azúcar, lo único que tenía que hacer era tocarte la puerta.

—Por lo menos ahora tenemos un carro. Pero yo no puedo conducir. Y dudo que alguna vez lo pueda hacer. Las autopistas aquí me dan nervios. Siempre tendré que depender de Alberto.

—Damas, no nos pongamos tristes. ¿Qué les ofrezco de tomar? —dice Oscar, tirándole un brazo a Papi sobre el hombro—. ¿Qué dices si nos tomamos una copa y celebramos que estamos juntos de nuevo?

Oscar llena los vasos de ron y Coca-Cola y se los pasa a Mami, a Papi y a Gladys.

—¿Y usted también, señora Ester? —le pregunta a Baba, guiñándole un ojo—. ¿O prefiere solo la Coca-Cola?

—Ya yo no soy una niña y todavía no soy una anciana —responde Baba.

Oscar aplaude, le llena el vaso y celebra:

—¡Qué bueno! ¡Ese es el espíritu! ¡Brindemos por una Cuba libre! *A free Cuba!*

Se vuelve hacia Izzie y hacia mí:

—Y para ustedes, niños, ¿qué tal un juguito de manzana?

Ambos estamos decepcionados. Izzie pregunta:

—Mami, ¿podemos tomar Coca-Cola?

Ella niega con la cabeza.

—No, no pueden. Se volverían tan locos que empezarían a bailar mambo.

—Dales una Coca-Cola a cada uno —ordena Papi—. Es una ocasión especial y una gaseosa no les hará ningún daño.

—Gracias, Papi —dice Izzie.

Papi asiente con una mirada severa.

—Pero compórtate. No la vayas a virar en los muebles.

Le paso a Rosa de regreso a Gladys y me siento cómoda en el sofá. Bebo del vaso alto de Coca-Cola y cruzo las piernas para mostrar mis botas gogó, deseando vivir en una casa tan bonita.

—¡Qué lindas botas tienes, Ruti! —dice Gladys.

—Muchas gracias —respondo cortésmente.

Mami comienza a reírse.

—A ella le gustan tanto esas botas que quiere ponérselas para dormir. ¿Te puedes imaginar?

—Bueno, son muy elegantes —dice Gladys—. ¿No hay una canción por ahí sobre botas? La oí el otro día en la radio.

—¡Me la sé de memoria! ¿La puedo cantar? —pregunto.

—Por supuesto, mi niña. Cántanosla —responde Gladys.

Me levanto y canto a todo pulmón:

> *These boots are made for walkin'*
> *And that's just what they'll do...*

Hago mi imitación de la rutina de baile que muestran en la tele y termino con el gran final:

> *Are you ready, boots?*
> *Start walkin'!*

Todos aplauden, hasta el pobre Izzie, que tiene envidia y fingía estar jugando con su Cadillac de juguete todo el tiempo que estuve cantando.

Vuelvo a sentarme junto a Rosa, que ha empezado a inquietarse en los brazos de su mamá. Percibo un olor que no es muy agradable.

—¿La bebé se hizo caca? —pregunto.

—Ruti, qué olfato tan fino tienes —dice Gladys—. Te diste cuenta antes que yo de que es hora de cambiarle el pañal a Rosa.

Después de que le cambian el pañal, la bebé se duerme y Gladys nos lleva a Mami, a Baba y a mí a su habitación para que podamos ver lo bonita que es. Hay pajaritos voladores pintados en las paredes. La cuna es blanca y su dosel también es blanco, y su manta con volantes en toda la orilla es blanca también. Es un dormitorio digno de una niña que crecerá para ser una princesa.

Gladys sirve la cena en el comedor. Nos sentamos en sillas con asientos de terciopelo rojo y comemos pastel de carne con un huevo hervido en el medio, croquetas de pollo, arroz blanco y frijoles negros, plátanos fritos y ensalada con aguacate. De postre, a cada uno nos dan un tazón con coco rallado en almíbar.

—Delicioso —dicen Mami y Papi.

Oscar se vuelve hacia Papi:

—Me quedan un par de habanos. ¿Quieres uno, Alberto?

—Sí, claro —dice Papi, radiante.

Los adultos están sentados a la mesa, contando chistes y riéndose, y yo regreso a la habitación de la bebé para espiar a Rosa y escuchar cómo respira y suelta pequeños suspiros mientras sueña.

Cuando vuelvo a la sala, afuera está oscuro, pero a nadie le preocupa.

—¿Recuerdas cuando nos sentábamos en el balcón por las noches a escuchar las palmeras mecerse con la brisa? —dice Gladys.

Mami responde:

—¿Cómo olvidarlo? Oh, Cuba, nuestra querida Cuba.

—No podemos seguir mirando atrás —susurra Baba.

—De todos modos, ya todo está perdido —dice Papi, todavía fumando su habano.

Oscar también le da una calada al suyo.

—Lo importante es que estamos aquí y que siempre seremos amigos. —Se da cuenta de que Izzie y yo estamos sentados en silencio—. Ustedes se han portado muy bien. ¡Aquí tienen unos M&M's! —Y nos da un paquetito a cada uno. ¡Yupiii!

Izzie y yo rompemos la envoltura de los M&M's y nos los comemos de una vez. Nadie nos regaña; a nadie parece importarle.

Entonces nuestra visita empieza a llegar a su fin. Nuestro día especial está a punto de terminar.

—¡Vamos! —Papi ordena—. Mañana es lunes. Todos tenemos que levantarnos temprano.

Mañana Izzie y yo iremos a la escuela. ¡Será mi primer día en la clase de los niños inteligentes!

Caminamos lentamente hacia la puerta.

—¡Adiós, Gladys! Adiós, Oscar. ¡Gracias!

—Vuelvan a vernos pronto —grita Gladys.

—Volveremos —dice Mami, despidiéndose feliz y tirándole un beso a su vieja amiga.

Me siento tan feliz y adulta con mis botas gogó.

Me llevo la palma de la mano a los labios y le lanzo un beso al aire nocturno de Staten Island, esperando que el viento se lo lleve a través de las colinas y las llanuras de la vasta tierra de los Estados Unidos por haberle dado a Papi el Oldsmobile azul de sus sueños.

afortunada

Me recuesto en el hombro de Baba en el asiento trasero del carro y me dice:

—Acuéstate, ponte cómoda, *shayna maideleh.*

Me siento amada como Rosa cuando me hundo en su regazo y ella usa esas palabras dulces que significan "niña hermosa" en yiddish.

Cruzo las piernas debajo de mí para no empujar a Izzie y miro hacia el techo del auto. El reflejo de los faros y las luces traseras se mueve en diferentes direcciones. Me arrullo hasta quedarme dormida con el zumbido del carro que navega por la autopista. El viaje es tan tranquilo como dijo Baba. Estoy flotando en un mar en calma. Las palabras me pasan por el lado, Baba y Mami hablan de la bebé.

Entonces todo se queda quieto. No hay silbidos. No hay voces. Abro los ojos. Mi cabeza ya no está en el regazo de Baba. Baba se ha ido. Izzie se ha ido. Mami y Papi se han ido. Estoy sola en el carro.

¿Dónde estoy?

¿Donde está todo el mundo?

Trato de levantarme, pero solo tengo puesta una bota gogó. Perdí la bota izquierda. Y mi pierna derecha está torcida de forma extraña. No puedo moverla. No creo que sea mi pierna. Es la pierna de otra persona.

¿Estaré soñando?

Cierro los ojos y trato de volverme a dormir. Pero no puedo dormir porque la pierna me duele como nunca me había dolido nada.

De la oscuridad aparece un hombre. Mira a través de las ventanas rotas, lucha con la cerradura de la puerta trasera y finalmente la abre.

¿Quién es este hombre? De la cabeza le gotea sangre.

¡Es Papi!

—¡Papi! ¡Papi! ¿Por qué me dejaron aquí? Papi, se me perdió una de mis botas. ¿Podemos ir a buscarla?

—Más tarde. El carro puede coger candela.

Se inclina y me carga, tratando de acunar mi pierna derecha en el hueco de su brazo. Pero la pierna se cae como las piernas de mi vieja muñeca de trapo de Cuba.

—¡Para, Papi! ¡Me duele!

—Calma, calma.

Papi sigue caminando y, cuando llegamos al borde de la carretera, me deja en el suelo. Mami está ahí con Baba. Se toman de la mano y lloran como niñas. Papi mira al cielo y grita:

—¡Dios mío! ¿Por qué? ¿Por qué? ¿Por qué?

La cabeza de Izzie sangra como la de Papi, pero no siente ningún dolor. Izzie cree que estamos viviendo una aventura. Se arrodilla junto a mí y dice:

—¡Lo vi! ¡Vi un carro brincarse el divisor de la carretera! ¡Se convirtió en un torpedo! ¡Lo vi chocar con el carro delante de nosotros! Entonces, nosotros chocamos contra ellos. ¡Luego un montón de carros chocaron contra nosotros! Ban, ban, ban.

Izzie espera a que diga algo.

Me quedo callada, así que él continúa:

—¡Fue como una película!

Es estúpido, pero siento envidia de Izzie. ¿Por qué tuve que quedarme dormida?

Desde algún lugar en la oscuridad, más allá de donde puedo ver, una mujer gime.

—Oh, oh, oh, oh...

La noche está negra, azul y violeta como un feo moretón.

¿Quién nos va a ayudar? ¿Quién nos llevará a casa?

A lo lejos, escucho una sirena. El gemido se hace cada vez más fuerte a medida que la ambulancia se acerca. Finalmente, la ambulancia se detiene junto a nosotros.

Dos hombres saltan y nos echan un vistazo.

—Aquí, aquí —oigo decir a Papi—. Mi hija —balbucea.

La mujer vuelve a gemir:

—Oh, oh, oh, oh...

Los hombres corren hacia donde está la mujer.

—Está respirando —dice uno—, pero está enredada en metal. Esto llevará un tiempo. Ponle una tablilla a esa niña. Llévala a ella y a su familia al hospital. Ve si alguno puede hablar inglés.

Quiero gritar: "¡Yo hablo inglés!", pero he olvidado cómo hablar.

El hombre que se supone que debe atenderme dice:

—Necesitamos otra ambulancia. Y necesitamos un coche funerario. ¿Por qué no ha llegado la policía? Hay un montón de gente muerta.

¿Gente muerta?

Se acerca a mí y se inclina para ver mi pierna. Él huele como una hamburguesa de White Castle con cebollas brillosas encima.

—Escucha, niña. Intenta no moverte, ¿de acuerdo? ¿Entiendes?

Saca un pedazo de madera de la ambulancia. Luego me levanta la pierna y usa una cinta gruesa para sujetarla.

Duele como el demonio. No puedo contener las lágrimas.

—Vamos, chiquita, sé valiente.

Saca una camilla y me acuesta en ella.

—¿Está bien? ¿Puede ayudar? —le pregunta a Papi.

—Sí, señor. Esto no es nada —dice Papi y señala su cabeza ensangrentada.

Él y Papi me llevan a la ambulancia. El hombre le dice a Papi que se siente adelante con él. Mami y Baba nos siguen con Izzie. Se apiñan a mi alrededor en la parte trasera de la ambulancia.

Ahora Izzie está agotado. Le pregunta a Mami:

—¿Ya nos vamos a la casa?

Eso solo la hace llorar de nuevo.

La sirena suena cuando el hombre nos lleva en la ambulancia.

La oscuridad de la noche se me mete en el corazón. Pienso en cómo Papi debió haber escuchado a Mami y no haber comprado el Oldsmobile azul.

Quiero gritar: "Es tu culpa, Papi, toditita tuya".

Pero me quedo ahí tumbada y escucho a Mami repetir una y otra vez:

—¿Por qué no nos quedamos en Cuba? ¿Por qué no nos quedamos en Cuba? ¿Por qué no nos quedamos en Cuba?

En el hospital, la gente gimotea y llora. Hay tantas personas, todas alineadas en camillas, una tras otra. Nadie les presta atención a sus gemidos ni a sus llantos.

Me recuesto en la camilla y gimo y lloro también.

Mami, Baba, Izzie y Papi me rodean como bolos a punto de volcarse. No hay lugar donde se puedan sentar.

Una enfermera se acerca con sus chirriadores zapatos de enfermera.

—No pueden estar todos aquí en la sala de emergencias. Está demasiado llena. Vayan a la sala de espera. Los mantendré informados del progreso de la niña.

Están medio dormidos y no se mueven de inmediato.

La enfermera alza la voz.

—¿Ustedes no entienden inglés?

Los echa por la puerta como se les hace a las moscas molestosas.

Me quedo sola con toda la gente miserable.

Entonces hay una gran conmoción.

—¡Fuera del camino! ¡Fuera del camino! ¡Esto es urgente!

Llevan a una mujer en una camilla, sus brazos y piernas flácidas; sus ojos, demasiado abiertos.

Un médico con bata blanca corre hacia ella y tropieza con mi camilla.

—Duele, duele —tartamudeo tan fuerte como puedo para llamar su atención.

—Tranquila, niña —me dice—. Tú solo tienes una pierna rota. Tienes suerte. Esta mujer de aquí estaba en el auto frente al de ustedes. Probablemente nunca volverá a caminar. Creemos que estará paralizada de por vida.

Otro doctor con bata blanca finalmente viene y me pone una inyección y me quedo dormida. Cuando me despierto, no sé qué día es. Estoy en una cama de hospital y mi pierna derecha cuelga de una correa atada al techo.

Entra una enfermera. Me corta la ropa interior con unas enormes tijeras y tira los pedazos a la basura. Me deja con una bata de hospital solamente.

—¿Dónde están mis botas gogó?

—Ya no están —responde la enfermera—. De todos modos, no puedes usarlas.

—¿Qué hago si tengo que ir al baño?

—Llámame cuando necesites el orinal —dice—. Presiona el botón antes, no después de haberte hecho pipi en la cama. Solo cambio las sábanas una vez al día.

—¿Dónde están Mami y Papi? —le pregunto.

—Tuvieron que irse —dice—. Ahora trata de dormir.

Después de que ella se va, me quedo mirando el reloj, tratando de hacer que el tiempo pase más rápido. No puedo creer que me hayan abandonado, que me dejaran absolutamente sola en el mundo. Repito palabras en la mente hasta que se convierten en una canción:

> *Nadie me ama*
> *ni siquiera mi madre*
> *ni siquiera mi padre*
> *ni siquiera mi hermano*
> No one loves me…

Había perdido las esperanzas de volver a ver a mi familia cuando Mami irrumpe a través de la puerta con tía Sylvia y tío Bill. Quiero correr y darles abrazos, pero no me puedo mover.

Mami se acerca a mi cama y me alisa las motonetas despeinadas.

—Mi niña, mi niña —dice en su voz triste que está más triste que nunca.

—Toma, siéntate, Rebeca —le dice tío Bill y trae una silla del otro lado de la habitación.

Cuando se acomoda en la silla, noto que Mami tiene cortadas y rasguños en los brazos y en las piernas.

—Mami, ¿estás bien?

—No es nada. Eso fue por los cristales rotos de las ventanillas del carro. No te preocupes por mí, mi niña. Eres tú la que me preocupa.

—¿Y Papi? ¿E Izzie?

—A Papi y a Izzie les dieron unos cuantos puntos en la cabeza, pero están bien. Papi volvió al trabajo e hizo que Izzie volviera a la escuela.

—¿Y Baba?

—Baba está en su casa. No pudo dormir anoche. Teme que suceda otra catástrofe. El médico le dio unas pastillas para calmarle los nervios.

—Pobre Baba.

—No te preocupes, mi niña. Por favor, no te me preocupes.

Tío Bill se acerca a mi cama:

—Escuché por ahí que se te había roto una pierna. ¿O estás fingiendo? ¿Qué tal si te desato de este artilugio y te llevo a casa? —Coge la correa y actúa como si la estuviera halando.

—¡No, tío Bill, no la hales!

Él ríe:

—Te engañé, ¿verdad que sí?

Saca un periódico enrollado de su bolsillo trasero.

—Mira, ustedes salieron en la portada del *Daily News*. Sus nombres están aquí.

Tío Bill me enseña el nombre de Papi (el Sr. Alberto Mizrahi) y el nombre de Mami (la Sra. Rebeca Mizrahi) y mi nombre (Ruth) y el nombre de mi hermano (Isaac) y el nombre de Baba (la Sra. Esther Glinienski). Lee en voz alta: "Todos fueron llevados al Hospital Brookdale, donde solo Ruth fue ingresada por una fractura en la pierna derecha".

Él sonríe.

—Entonces, ¿qué opinas? ¡Eres famosa!

—Sí, famosa —digo—. Famosa por esta estúpida, *stupid* pierna rota.

Mami se enoja.

—Mi niña, que no te oiga yo diciéndole la palabra *stupid* a tu tío Bill. Eso no es correcto.

Alguien toca con fuerza la puerta. Un hombre muy alto entra. Tiene las cejas tupidas y anteojos grandes.

—Hola, soy el doctor Friendlich.

Mami y tía Sylvia bajan la cabeza. El tío Bill no. Él mira al médico a los ojos.

—¿Cuánto tiempo va a tener a mi sobrina en el hospital?

El doctor Friendlich responde secamente:

—El tiempo que sea necesario.

Le da un golpecito a mi pierna. Hago una mueca de dolor y me dice:

—Duele, ¿verdad? —Luego se vuelve hacia el tío Bill—. Necesita cirugía. El fémur se rompió de mala manera.

Tío Bill se encoge de hombros.

—Los niños se rompen los huesos todo el tiempo. Usted la dejará como nueva, ¿no es así?

—Eso espero. Pero en medicina no hay garantías, lamento decirle.

El doctor Friendlich se aleja del tío Bill y olfatea alrededor de mi cama.

Me doy cuenta de que hay un gran círculo húmedo debajo de mí.

El doctor Friendlich sonríe y me da una palmadita en la mano.

—Un pequeño accidente, ¿eh, jovencita? Nos encargaremos de eso inmediatamente. —Asoma la cabeza por la puerta—. ¡Enfermera! Venga a cambiar las sábanas.

La enfermera me lanza una mirada desagradable cuando entra en la habitación.

Le dice al doctor Friendlich:

—Yo le dije a ella que me llamara antes de que tuviera que ir al baño.

—Dale otra oportunidad a la niña. Es nueva en esto. Mañana lo hará mejor. —Entonces el doctor Friendlich nos mira, asiente y dice—: Por ahora, adiós.

La enfermera les ordena a Mami, Sylvia y Bill que esperen afuera.

La enfermera me sermonea mientras quita las sábanas mojadas.

—Aprenda a controlarse, señorita. Yo no tengo tiempo para andar cambiándole las sábanas todo el día. La próxima vez que tenga un accidente, la voy a dejar ahí acostada para que vea lo que es bueno.

No puedo creer que todo esto esté pasando. Ayer yo era una niña normal. Iba al baño sola. Hoy no puedo hacer nada sin la ayuda de una enfermera odiosa.

Descansando de nuevo sobre unas sábanas limpias, le pregunto:

—Señora enfermera, ¿usted me odia a mí en particular? ¿O simplemente odia a todos los niños?

La enfermera me mira conmocionada. Me pregunto qué cosa horrible dirá.

Se queda callada por un minuto y luego dice:

—No la odio, señorita. No odio a ningún niño. Supongo que solo estoy enojada con el mundo. Verá, tengo una hija en casa que ha estado enferma desde que nació. Lo único que quiero es estar con mi niña y cuidarla. Pero tengo que trabajar para proveer por nosotras, y también para ayudar a mi mamá. Todos los días dejo a mi niña con su abuela, que apenas puede cuidarse a sí misma, y espero que estén bien hasta que llegue a casa. Entonces sí, estoy furiosa. ¿Comprende?

Algo le sucede a mi corazón. Se quiebra como el caramelo de azúcar del flan de Mami al oír a la enfermera hablarme de esa manera.

—Entiendo, enfermera. Lo siento mucho.

—No te lamentes. No es tu culpa. He sido odiosa contigo y eso no estuvo bien. ¿Qué tal si te traigo un sándwich de helado? ¿Te gustaría?

—¡Gracias!

—De acuerdo. Y recuerda tocar el timbre si necesitas el orinal.

—Lo haré, señora enfermera. Lo prometo.

—Por favor, llámame por mi nombre. Es Neala. Es un nombre irlandés. Pero mi familia ha estado aquí tanto tiempo que no recordamos nada sobre nuestra querida Irlanda.

Pobre Neala, que ha olvidado la tierra donde nació. Me pregunto si llegará el día en que yo me olvide de Cuba. Espero que no. Pero ya se siente tan, tan lejos, y tan difícil de agarrar como la espuma del mar.

A la mañana siguiente, la enfermera Neala trae el orinal y me da unas palmaditas en el hombro para que despierte.

—Siento apresurarte, querida, pero necesitas vaciar tu vejiga ahora, antes de que te lleven a operar.

Después de que Neala se va, llegan dos hombres con uniformes verdes y me llevan al quirófano. El doctor Friendlich está ahí, esperándome.

—Hola, Ruthie —dice—. Te vamos a poner anestesia y no sentirás nada.

—¡Pero no me gustan las inyecciones! —grito.

—Solo cierra los ojos. Todo esto terminará antes de que te des cuenta.

* * *

Cuando me despierto, me siento rara. No sé si la persona que ha despertado sigo siendo yo. Ahora estoy embutida dentro de algo.

¿Qué es esto?

¿Una caja?

¿Por qué no puedo salir?

¿Es un ataúd? ¿Estoy muerta?

No puedo estar muerta. Veo a Mami secándose las lágrimas de los ojos y Papí camina de un lado para el otro.

Quiero animarlos.

—Hola, Mami. Hola, Papí. Estoy bien. ¡Vámonos a la casa!

Mami me pone la palma de su mano húmeda en la frente.

—¡Oh, mi niñita!

El doctor Friendlich llama a la puerta y entra, seguido por Neala. Viene directo hacia mi cama y quita la sábana que me cubría por completo.

—¡Deténgase! —grito—. ¡No!

Tengo miedo de que no haya nada cubriendo mis partes íntimas.

Me pongo las manos allí, una sobre la otra, para taparme. Pero ¿qué es este vestido que tengo puesto? ¿Qué es esta ropa blanca tan pesada que no me deja moverme?

—¡Silencio! —dice Papi—. Nunca le grites al médico, mi hija.

Papi levanta la barbilla para mirar al doctor Friendlich.

—¿Doctor?

El doctor Friendlich es tan alto que está acostumbrado a mirar a todo el mundo desde arriba:

—¿Sí?

Puedo ver que Papi está esforzándose por encontrar las palabras adecuadas. Está sudando y se seca la frente con un pañuelo blanco que Mami le ha almidonado y planchado.

—¿Por qué convirtió a mi hija en una momia?

—Lo siento, señor Mizrahi —dice el doctor Friendlich—. Tuvimos que poner a su hija en un yeso corporal. Ella está creciendo. Queremos evitar que una pierna quede más corta que la otra. Esperamos que funcione.

Un yeso corporal... Por eso es que ambas piernas están atrapadas y mi barriga y mis caderas también están atrapadas. El yeso me llega hasta el pecho y me envuelve la espalda.

Soy una momia, pero no estoy muerta.

—Consígale una almohada, enfermera —dice el doctor Friendlich.

Neala me levanta la cabeza y mete la almohada debajo de mi cuello.

Ahora puedo verme los dedos de los pies. Se escapan del yeso, mis diez deditos. No puedo moverlos. No puedo mover nada excepto la cabeza, los hombros y los brazos. Y tengo una abertura al frente y otra en la parte de atrás para poder orinar y hacer caca. Mis piernas están separadas y hay un poste entre ellas como la letra A.

El doctor Friendlich se vuelve hacia Mami.

—La enfermera le mostrará cómo usar el poste. Podrá poner a su hija boca abajo para que pueda dormir. Usted tendrá que asearla sin mojar el yeso. La enfermera le enseñará cómo levantarla para que pueda usar el orinal. Aparte de eso, no la mueva.

Mami asiente y finge entender. Yo escucho y presto atención. Tendré que explicárselo todo más tarde en español.

—¿Por cuánto tiempo será una momia? —pregunta Papi.

—No lo sabemos —responde el doctor Friendlich—. Probablemente unos seis meses...

A Papi se le arruga la frente con líneas de preocupación.

—Mi hija... ¿va a caminar? ¿O no caminará?

El doctor Friendlich me da unas palmaditas en la cabeza.

—Quieres caminar, Ruthie, ¿no?

—Sí, doctor —le susurro.

—Entonces caminarás —dice el doctor. Vuelve a darme palmaditas en la cabeza.

Le dice a Papi:

—Dele tiempo.

El doctor Friendlich me cubre con la sábana. Veo sus ojos a través de sus grandes lentes. Me mira con bondad y también con tristeza.

—Jovencita, ruégale a Dios y a todos los santos y a tu ángel de la guarda.

Esa noche, acostada en mi cama de hospital, sola, sin mi mamá, sin mi papá, sin mi hermano, sin mi familia, sin una amiga, hago lo que dice el doctor e invento una oración.

> *Querido Dios,*
> *Yo vine de Cuba para empezar una nueva vida en los Estados Unidos de América.*
> *Yo rogué por botas gogó y las conseguí.*
> *No debí haberlas pedido. Estaba presumiendo demasiado.*
> *No debí haber estado tan orgullosa de ser la Señorita Rayuela Reina de Reinas.*

Debí haber hecho muchas cosas malas para terminar así, enyesada de pies a cabeza.

Tengo la pierna fracturada, pero toda yo estoy rota. ¿Quién me armará de nuevo?

Y yo sé que tengo suerte. No estoy tan rota como otras personas.

Prometo ser buena por el resto de mi vida si escuchas mi oración y me sanas.

Prometo que me compadeceré de las personas rotas en todo el mundo, de ahora en adelante y para siempre.

Gracias,
Ruthie

Parte II
MI CAMA ES MI ISLA

una bebé en pañales otra vez

Después de una semana en el hospital, el doctor Friendlich dice que estoy lista para irme a casa. Temprano por la mañana, Mami y Papi vienen a recogerme. Dos hombres llamados Bobbie y Clay me atan a una camilla y me sacan del hospital.

Estoy feliz de ver el sol de nuevo, y las nubes en el cielo como pelusas de alfombras de lana, y personas que no están enfermas.

—¿Ese es un pajarito cantando? —pregunto.

—Sí, chiquita, tardó un tiempo, pero la primavera finalmente ha decidido honrarnos con su presencia —responde Clay. Tiene una voz amable y musical.

—Usted no habla como lo hacen aquí en Nueva York. ¿De dónde es?

—Soy del sur, de Mississippi, donde dicen que la vida es fácil, pero no tanto para un hombre de piel negra. Vine a Nueva York y no pienso regresar nunca.

Clay sonríe y me da unas palmadita en la cabeza. Ahora todo el mundo me acaricia la cabeza. Entonces me desliza en la camilla hacia el interior de la ambulancia como si estuviera cerrando una gaveta.

Bobbie dice: "¿Qué crees, Ruthie? Vamos a encender la sirena a todo volumen y ver cuando toda la gente se quite de nuestro camino. ¿No te parece divertido?" Bobbie tiene el pelo rojo y en el sol le brilla como un bombillo.

—Sí, muy divertido —respondo, solo para ser educada, porque me asusta el triste lamento de la sirena.

Papi se sienta delante con los hombres. A mi lado, Mami se agazapa en un banquito destartalado. Nos vamos. La ambulancia empieza la carrera, y se lleva la luz amarilla y la roja.

Mami apretuja la manija de la ventanilla. "Ay, Dios mío, ¿y si tenemos otro accidente?".

Trato de ser graciosa: "¡No hay nada de qué preocuparse, Mami! Ya vamos en una ambulancia".

—Bu, bu —dice—, deja el relajo.

La ambulancia se detiene, y la sirena lamentadora se calla. Clay abre la puerta y ayuda a Mami a desmontarse. Entonces Bobbie viene, y entre él y Clay me deslizan fuera de la ambulancia y me cargan en la camilla.

Tía Sylvia y tío Bill esperan afuera. Izzie y Dennis y Lily vienen corriendo con todos los niños del barrio. Bobbie y Clay tenían razón, llegar a casa en una ambulancia, con la sirena encendida, es muy divertido.

Excepto que Danielle está parada con sus botas gogó en el tablero de rayuela. ¿Por qué no se acerca y dice algo?

Ava y June y los otros niños me rodean. "Ruthie, Ruthie".

Exigen: "Déjanos ver tu yeso. Anda, déjanos verlo". Y se van acercando hasta que puedo oler su sudor de tanto jugar bajo el sol. Me siento nerviosa. Yo no quiero estar aquí, pero no me puedo mover ni huir.

—Más tarde, ¿de acuerdo? —les digo—. Y los dejaré que lo firmen.

—¡Queremos verlo ahora! ¡Ahora! ¡Ahora! *Now!*

Lily viene y le da un tirón a la manta, como si fuera un juego.

—¡Para! —grito—. ¡No!

Solo tengo puesta una camiseta y una blusa. De la blusa para abajo estoy cubierta por una sábana y una manta. No puedo usar ropa interior. No me sirve con el yeso. Me moriría de vergüenza si me vieran desnuda.

Afortunadamente, Bobbie agita las manos, ahuyentando a los niños. "Tenemos que llevar a Ruthie a la casa. Acomodarla. Así que, ¿por qué no se van a correr y a jugar? Otro día podrán visitarla".

Los niños esperan, me miran. Son todos tan curiosos.

Con su voz resonante, tío Bill grita: "Ustedes no oyeron lo que él dijo. Pónganse en marcha. Vamos. Largo. Fuera".

Finalmente, los niños se escabullen, excepto Izzie.

—Tú puedes quedarte. Eres su hermano —dice tío Bill—. Pero no actúes como un salvaje.

—Está bien —dice Izzie. Se acerca a la camilla, mirándome como si yo no fuera su hermana, sino un bicho raro.

Papi nos guía hacia la entrada del edificio. Tía Sylvia pone un brazo alrededor de Mami. Tío Bill le toma la mano a Izzie.

No cabemos todos en el ascensor. Clay, Bobbie, yo, Mami y Sylvia vamos apretaditos.

—¡Echemos una carrera! —dice Izzie.

Izzie, Papi y tío Bill suben por los escalones hasta el sexto piso. Cuando el ascensor se abre en nuestro piso, Izzie ya está ahí, jadeando.

Clay y Bobbie cruzan el comedor y luego la sala y me llevan por el pasillo hasta la habitación. Me liberan de la camilla y me cargan despacito hasta mi cama. Después de las sábanas blancas en el hospital, me alegro de ver mis coloridas sábanas decoradas con caléndulas amarillas y anaranjadas.

—Cariño, tómalo con calma, ¿me oyes? —dice Clay.

Bobbie agrega:

—Adiós, *kid*.

—¡Esperen! ¿Quién me va a mover de un lugar a otro cuando ustedes se vayan?

Bobbie me mira y niega con la cabeza: "El médico dice que no deben moverte por un tiempo. Tu mamá y tu papá te pueden poner boca abajo usando el poste, pero nada más.

Tienes que estar quieta. Volveremos cuando haya que cambiar el yeso. Hasta entonces. ¡Adiós!".

En el momento en que Clay y Bobbie salen por la puerta, ¡Izzie entra corriendo con un paquete de Chips Ahoy!

—Oye, Roofie, ¿quieres una galleta de chispas de chocolate?

Mami le arrebata el paquete. "¡Solo una galleta a la semana para tu hermana! Ella no puede aumentar de peso o no cabrá en el yeso".

—Está bien, yo no quiero nada. No tengo hambre —digo—. Pero tengo que hacer pipi.

—¿Cómo vas a hacer pipi? —Izzie pregunta.

—¡Sal de la habitación! —grito—. ¡No te atrevas a regresar hasta que la costa esté despejada!

—¿Por qué le gritas a tu hermano? —Mami dice—. Es un niño pequeño. Él no sabe.

Ella se va y vuelve con un reluciente orinal nuevo y un rollo de papel de baño. Me levanta con el palo, como la enfermera le enseñó, y desliza el orinal hasta la parte baja de mi espalda. Está helado. Está hecho de acero.

Hago mucho pipi.

—¡Ya, terminé! —grito y Mami viene corriendo otra vez a la habitación.

Me seco con papel higiénico, lo envuelvo en papel seco, sin usar, y se lo doy a Mami. Ella me levanta y agarra el orinal, tratando de no derramar la orina en toda la cama.

De ahora en adelante, cada vez que necesite hacer pipi, Mami tendrá que ayudarme.

Cuando haga caca también.

Tan solo hace unos días me sentía tan grande en mis botas gogó. Y ahora soy una bebé en pañales otra vez.

que te mejores

Por la mañana, la señora Sarota me visita. Es la primera vez que una maestra viene a nuestra casa. Trae una tarjeta de "Que te mejores" firmada por los niños de mi antigua clase. Sus mensajes tienen muchos errores ortográficos, pero son muy dulces.

Lamento que te haya rompido la pielna, Roothie. Debe dolel vastante.

Me siento terible que no puedes ir al parke y jugar como un niña normal.

Espero que t mejores muuuuy raaaaapido.

Mami levanta las sábanas a ambos lados para que la señora Sarota pueda ver el yeso. Ya no me preocupo de que la gente pueda verme desnuda. Ahora mantengo una toalla sobre mis partes íntimas, de ese modo siempre estoy cubierta.

A la señora Sarota parece que le va a dar un ataque al corazón cuando ve mi cuerpo enyesado. El yeso me llega hasta el pecho, así que ni siquiera me puedo sentar.

—Voy a informar a la escuela de inmediato —dice en una voz seria—. Esto es terrible. Simplemente terrible.

No creo que la señora Sarota se dé cuenta de que me está haciendo sentir como si estuviera podrida por hacerla sentir tan mal.

Ella le pregunta a Mami: "¿Por cuánto tiempo Ruth deberá estar enyesada?".

Mami me mira para asegurarse de que entiende la pregunta. Después de que le traduzco al español, dice: "Mucho tiempo. El doctor *is much sorry, very* triste".

—Es una lástima —responde la señora Sarota—. Y yo que acabo de promover a Ruth.

¿Por qué la señora Sarota habla como si yo no estuviera aquí?

—No voy a tener que volver a la clase de los tontos, ¿verdad? —pregunto.

La señora Sarota me da una palmadita en la cabeza. ¿Por qué todo el mundo me da palmadas en la cabeza?

—Pobrecita —responde la señora Sarota—. Voy a hacer todo lo posible por ayudarte.

Esa tarde, Ramu desliza una carta por debajo de la puerta.

Mami me la trae, la sostengo en las manos un rato y disfruto de su aroma. Huele a cálido y picante, y también dulce por el incienso de sándalo que la mamá de Ramu quema en su apartamento para mantener felices a los espíritus.

Ramu escribe:

> *Querida Ruthie,*
>
> *Espero que te mejores pronto. Me entristece que te hayas lastimado y que no pudieras unirte a la clase de los niños inteligentes conmigo. Me siento solo allí, no conozco a nadie.*
>
> *Lamento no poder visitarte. Mi madre todavía no quiere que Avik y yo juguemos con niños que no sean de la India como nosotros.*
>
> *Te echo de menos. Prometo que un día me escabulliré e iré a verte.*
>
> *Tu amigo,*
> *Ramu*
>
> *PD: Avik dice que también te extraña.*

Le pido a Mami papel y lápiz y le escribo una carta a Ramu, aunque me lleva mucho tiempo. Tengo que sostener la libreta en el aire con una mano y tratar de escribir con cuidado las palabras para que no salgan demasiado feas. ¡Es difícil escribir cuando estás acostada boca arriba y aprisionada en un yeso corporal!

Querido Ramu,

Todo el mundo dice que te mejores y eso es lindo, pero pasarán meses y meses antes de que me mejore. Tengo que permanecer acostada en la cama y esperar. Y tener esperanza. Incluso el médico dice que no hay garantías. Me dijo que le rezara a Dios y a todos los santos. Yo no solía rezar, pero ahora rezo un poquito.

Ojalá no te sintieras solo en la clase de los inteligentes. Imagina que estoy sentada a tu lado y que estamos leyendo "La princesa que no podía llorar", como hacíamos.

Yo también te extraño. Y extraño a Avik.

Dile a tu mamá que sé de guayabas y de mangos. Eso me hace un poco india, ¿no crees?

Tu amiga,
Ruthie

PD: Le voy a pedir a Izzie que ponga esta carta en tus manos para que no te metas en problemas.

Cuando Izzie llega a casa de jugar, Mami le ordena que se asee y se cambie de ropa antes de tomarse su leche con chocolate.

Los escucho gritándose el uno al otro en la sala.

—¡Mami, tengo sed! ¡Déjame tomar un poquito!

—No, mi niño. Haz lo que te digo, por favor. ¿O quieres que le diga a Papi cuando llegue a casa?

Izzie irrumpe en la habitación. "Hola, Roofie", dice. "Mami está muy odiosa hoy".

—Solo está cansada, Izzie; pero sé bueno, ¿sí?

—Está bien, gracias, Roofie —dice, se acerca y me abraza. Huele a calle… a la hierba que no puedo pisar.

Izzie abre una gaveta y saca una camisa y unos pantalones limpios. Volteo la cabeza mientras él se quita la ropa sucia y se pone la limpia. Siempre hemos compartido la habitación, así que estamos acostumbrados a apartar la mirada cuando uno de nosotros se está cambiando.

Está a punto de salir corriendo de la habitación, pero se vuelve y pregunta: "Oye, Roofie, ¿quieres un poco de leche con chocolate?".

—No puedo tomar. Mami dice que explotaré el yeso —le digo, tratando de actuar como si fuera gracioso.

Pero Izzie se da cuenta de que no tiene gracia. "Lo siento, Roofie", dice. "No puedes comer galletas, no puedes tomar leche con chocolate. ¿Qué puedes comer que sea bueno?".

—¿Quizás podrías traerme un vaso de agua?

—Seguro.

Corre con piernas que sabe que lo llevarán a donde quiera ir. Ya he olvidado cómo se siente eso.

Un minuto después regresa corriendo con mi agua.

—Aquí, Roofie.

Izzie me observa bebiendo el agua lentamente para no derramarla. Bajo la cabeza, como si tuviera un pico y fuera un gorrión bebiendo de una fuente.

—Vas a durar hasta mañana tomando agua de esa manera —dice.

—Está bien. No me voy para ninguna parte —respondo.

—Roofie, eso no es gracioso.

—Bueno, en el hospital tenían absorbentes. Eso lo hacía más fácil.

Izzie niega con la cabeza y se ve triste. Sale corriendo y oigo cuando le dice a Mami: "¿No tenemos? ¿Ni siquiera uno?".

Mami dice: "Ve y pregúntale a tía Sylvia. Tal vez ella tenga algunos".

La puerta principal se cierra de golpe cuando Izzie sale corriendo. Lo imagino echando una carrera consigo mismo hasta el cuarto piso.

Minutos después está de vuelta.

—Mira lo que te traje, Roofie.

Me pasa un absorbente y lo dejo caer en el vaso. Finalmente puedo sostener el vaso recto. Es un alivio escuchar ese sonido cuando me bebo el agua hasta el fondo. "Eso fue muy lindo de tu parte, Izzie", le digo.

Se encoge de hombros.

Miro a mi hermanito y ahora noto el claro en un lado de su cabeza donde le afeitaron el cabello. Me doy cuenta de que nadie le ha dicho que se mejore, nadie ha intentado consolarlo. Él también estuvo en el accidente.

—Me preguntaba, Izzie, esos puntos en tu cabeza, ¿te duelen?

—A veces me duelen. Papi dijo que no me quejara.

—Bueno, puedes quejarte conmigo. Prometo no decírselo a nadie.

Izzie se acerca y me susurra al oído: "Los puntos me duelen muchísimo cuando pongo la cabeza en la almohada, pero luego me duermo y olvido que duelen".

—Los puntos todavía están frescos. Pero estarás mejor muy pronto.

—Roofie, fue espeluznante. El médico me cosió con hilo y aguja, como si yo fuera unos pantalones.

—Guau, Izzie, ¿lo viste?

—Sí, yo estaba despierto.

—Oye, Izzie...

—¿Qué, Roofie?

Recuerdo la carta para Ramu.

—¿Puedo pedirte un favor?

—Sí, claro.

—¿Le podrías entregar esta carta a Ramu mañana? Si no lo ves de camino a la escuela, dásela en la cafetería. Pónsela en sus manos, ¿de acuerdo?

—Okey.

Izzie se mete la carta en el bolsillo del pantalón.

Al día siguiente, Izzie le da mi carta a Ramu en la cafetería. Llega a casa con algo escondido dentro de su lonchera, un regalo de Ramu.

—Rápido, cómetelo antes de que Mami se entere —dice Izzie.

Es una samosa, con el relleno de papa suave y crujiente, y está un poco picante y sabe incluso mejor que la primera vez. Mientras me apresuro a terminar de comerme el último y delicioso bocado, siento una tristeza repentina en la boca del estómago: sé que pasará mucho tiempo antes de que yo pueda darle a cambio un dulce pastelito de guayaba a mi amigo Ramu.

una maestra para mi solita

La señora Sarota cumple su promesa. La semana siguiente la escuela envía una tutora a nuestra casa que vendrá tres veces por semana.

¡Nunca había tenido una maestra para mí solita! Su nombre es Miss Hoffman, pero me pide que le diga Joy. Lleva pantalones acampanados y una blusa campesina con mangas abullonadas, y tiene puestos unos aretes largos resplandecientes.

—Usted parece hippie, no maestra —le digo.

Ella se ríe. "Tienes razón, soy un poco hippie. Creo en el amor, la paz y el poder de las flores. Pero también soy maestra".

—Qué bueno —le digo a Joy—. ¡Porque no quiero que me envíen de regreso a la clase de los tontos después de perder tantas clases!

—Eso no sucederá —dice Joy—. No si mantenemos tu cerebro trabajando. Estar postrada en una cama no tiene por qué detenerte.

—¿Postrada? —la palabra me suena como la maldición de una bruja: *Y tú, Ruth, estarás POSTRADA por el resto de tus días...*

Mami y Joy colocan una silla y una mesa junto a mi cama y el cuarto se convierte en mi salón de clases.

Joy llega tarde en la mañana, después de que Papi se ha ido al trabajo e Izzie a la escuela. Mami hace panecillos ingleses tostados marca Thomas para nosotras. Le da a Joy un panecillo entero untado con mantequilla. A mí me da medio panecillo con un poquitito de mantequilla para que no engorde demasiado y quepa en el yeso.

Joy lee una lista de palabras y me pide que las deletree y le diga lo que significan. Son palabras fáciles y me las sé todas.

—¡Fantástico! —dice Joy después de que respondo correctamente todas las palabras—. ¡Eres muy inteligente! Me sorprende que te hayan mantenido en la clase de recuperación por tanto tiempo.

¡Siempre supe que no era tonta!

Antes de irse, Joy me regala un libro de cuentos de Hans Christian Andersen. Me dice que elija una historia y escriba una explicación de lo que aprendí al leerla. Escojo "Los zapatos rojos".

Esto es lo que escribo:

"Los zapatos rojos" trata sobre una niña llamada Karen. Su madre muere y Karen casi muere de hambre,

pero una anciana la adopta. Un día, Karen recibe un par de zapatos rojos nuevos. En ese entonces, las jovencitas buenas solo usaban zapatos negros. Los zapatos rojos eran para las jóvenes malas.

La anciana se enferma, pero Karen se pone los zapatos rojos y va a una fiesta de todos modos. En la pista de baile, los zapatos se apoderan de ella. Karen no puede dejar de bailar y no puede quitarse los zapatos. Se le pegan en los pies. Ella baila por días y días, olvidándose de la anciana.

Karen se entera de que la anciana ha muerto. ¡Ni siquiera se despidió de la mujer que le salvó la vida! Fue culpa de los zapatos rojos. Un ángel le había echado una maldición: "¡Baila con tus zapatos rojos hasta que la piel se te arrugue y te conviertas en un esqueleto!".

"Córtenme los pies", ruega. Y se los cortan y los zapatos siguen bailando solos, con sus pies cortados todavía dentro de ellos. Ella llora y llora pidiendo perdón, hasta que finalmente otro ángel se apiada de ella. Ella muere y él se la lleva al cielo en sus alas.

Puedo identificarme con esta historia porque al tener las piernas enyesadas se siente como si me las hubieran cortado. Yo sé que no es el caso. Todavía están ahí. Sí, tengo piernas. Es solo que no puedo verlas. O moverlas. O sentirlas.

—¡Buen trabajo, Ruthie! —Joy dice—. Te ganaste una estrella de oro.

Me siento feliz cuando Joy pega una estrella dorada en mi cuaderno, aunque creo que me la da, en parte porque siente lástima por mí. Ve lo difícil que me resulta escribir acostada boca arriba en la cama.

Descubro que tan difícil como escribir acostada es leer boca arriba. Tengo que equilibrar mi libro en el borde del yeso y levantar la cabeza para ver las páginas.

Cuando el cuello se me cansa y me duele, dejo caer la cabeza en la almohada y sostengo el libro directamente sobre mí. Entonces los brazos se me cansan y me duelen, y me rindo y me quedo mirando el techo.

A veces, cuando me duele todo el cuerpo, cierro los ojos e imagino que estoy acostada en mi playa favorita de Cuba. Tenía un nombre curioso, Playa Vaquita, y la arena era como seda. Cuando la marea estaba baja, se formaban largos bancos de arena en zigzag. Podía vadear hasta lo más profundo sin sentir miedo. El agua no subía más arriba de mis rodillas.

Recuerdo que reía y corría en esa playa, tratando de evitar que mi papalote se cayera del cielo.

Ojalá tuviera piernas fuertes para correr en la playa con un papalote. No tendría que ser Playa Vaquita. Cualquier playa estaría bien.

Ojalá tuviera brazos largos como un pulpo. Pegaría estrellas doradas en el techo y las imaginaría brillando día y noche.

Esos son mis grandes deseos.

Mi pequeño deseo es mirar por la ventana y simplemente ver el mundo. Pero la ventana está detrás de mí. No puedo ver el sol ni las nubes. No puedo decir "buenas noches, luna" antes de acostarme. Solo somos el techo y yo.

Querido Dios,

Gracias por enviar a Joy para que sea mi maestra. Es una maestra muy agradable. Estoy aprendiendo mucho y volviéndome más inteligente cada día. Pero si tuviera que elegir entre volver a la clase de los tontos y no poder caminar, te pediría que me enviaras a la clase de los niños tontos.

Ruthie

si Mami dejara de cuidarme

El tiempo es diferente cuando no puedes levantarte de la cama. Los días pasan despacio porque todos parecen iguales. Sin moverte, sin ir a ninguna parte, siempre en el mismo lugar, es difícil saber si un nuevo día ha comenzado o un viejo día ha terminado. Entonces Joy me consigue un calendario para que le dé seguimiento a los días. Los meses están grapados en un trozo de cartón. He arrancado enero, febrero, marzo y abril, el mes en que ocurrió el accidente.

Cuatro semanas en este yeso corporal y contando. Ahora entiendo por qué a las personas que están enfermas las llaman "pacientes". El paciente debe tener paciencia. Esperar y esperar y esperar sin perder la fe.

Se siente bien tachar los días en el calendario. Cuando mayo termine, lo arrancaré, y eso se sentirá bien también. Y luego junio y julio, esos meses vendrán y se irán, tantos meses. Tal vez en agosto me quiten el yeso. Espero, espero, espero.

* * *

Es domingo por la mañana y el sol apenas acaba de salir cuando abro los ojos. La luz entra por la ventana que está detrás de mi cama y se siente como una capa dorada sobre mis hombros. Estoy acostada en la cama, mirando al techo. Tengo que hacer pipí, pero me aguanto. No quiero molestar a Mami. Ella está durmiendo y me siento mal haciendo que se levante para traerme el orinal.

Cuando Izzie se despierta y salta de la cama, cierro los ojos y finjo estar dormida. Se apresura a la sala a despertar a Mami y Papi, acurrucándose con ellos en el sofá cama hasta que estén listos para levantarse. Los escucho reír y morirse de la risa. Se han olvidado de que existo.

Entonces Mami viene corriendo, como si una alarma hubiera sonado en su cabeza para recordarle que tiene una hija que no puede pararse de la cama. Me trae el orinal y una palangana con agua para lavarme las manos. Después de terminar, ella, Papi e Izzie desayunan en el comedor mientras yo como de una bandeja que reposa encima de mi yeso. Es un poco solitario comer sola, pero estoy mejorando en equilibrar la bandeja y en no derramar comida por dondequiera.

Entonces Izzie viene a despedirse. Lleva puestos sus pantalones remendados y una camiseta, sin chaqueta.

—Debe estar bonito afuera.

—Sí, está bueno —dice—. Hay flores por todos lados. Lástima que no podamos caminar por la hierba o te traería una.

—Está bien, Izzie. Disfruta mirándolas —digo.

—¡Te lo prometo, Roofie, las miraré mucho, mucho, mucho!

Eso me hace sonreír. No quiero que sienta pena por mí. No es su culpa que se me haya roto la pierna.

—¡Hasta luego, Roofie! —dice y desaparece.

Entonces Papi entra. Está vestido con pantalones negros y una camiseta roja y una gorra roja que dice "Avis Rent-a-Car".

—¿Adónde vas, Papi?

—Tengo que ir a trabajar, Ruti. Solo por un par de horas.

—¿Tienes un trabajo nuevo, Papi?

—Sí, mi hija, empiezo hoy. Voy a decidir qué carros se lleva la gente. Si no ponen cara de bobos cuando les hable en inglés, les daré un carro bárbaro. Si actúan como si no pudieran entenderme, les daré el peor carro que tengan en Avis.

Papi y yo nos reímos.

—Qué gracioso, Papi. Pero ahora trabajas todos los días, ¡de lunes a domingo!

—Necesitamos un poquito más de dinero, mi hija. ¡Lo bueno es que en este glorioso país hay trabajo para todo el mundo!

Inclina la cabeza para que yo pueda darle un beso en la mejilla.

—Ahora dale un gran abrazo a tu papi.

Alzo los brazos lo más alto que puedo y lo abrazo del cuello, oliendo su familiar Old Spice.

—¡Adiós, Papi!

Todo el mundo se va. Y siempre me estoy despidiendo ya que no puedo ir a ninguna parte.

Mi cama es mi isla; mi cama es mi prisión; mi cama es mi hogar.

* * *

Con las manos enjabonadas de fregar los platos, Mami asoma la cabeza. "¡Tienes compañía! Tu Zeide está aquí". Cuando aparece en la puerta, grito: "¡Yay, Zeide! ¡Entra!".

Los ojos verdes de Zeide brillan cuando me ve. Casi siempre me trae un regalo, algo inusual, como un llavero con un Gomosito colgando, o un abanico de mano con la imagen de una dama antigua en un vestido de noche.

En esta ocasión me trae una botella grande de jugo de ciruela, vierte un vaso para mí y le deja caer un absorbente.

—¿Por qué me estás dando jugo? —pregunto.

—Es muy bueno —responde—. Te ayudará. Se zampa un vaso lleno para mostrarme lo sabroso que sabe.

—Yo no quiero beber eso, Zeide. No se ve bien.

—Pruébalo, te va a gustar. Solo un poquito —dice en su suave susurro.

Bebo un poco de jugo de ciruela solo para complacer a Zeide, pero no me pasa de la garganta. Es la cosa más asquerosa que he probado.

Escupo y una gran mancha negra cae sobre la blusa blanca que Mami lavó y planchó para mí.

—Lo siento, Zeide —gimo, lista para llorar. Manchar mi blusa blanca con el jugo que escupí me hace sentir la persona más repugnante del mundo.

Mami entra marchando, furiosa. "¿Por qué no te bebiste el jugo de ciruela?" dice.

—No me gusta.

—¡Tienes que hacer pupú o te vas a explotar! Han pasado dos semanas desde la última vez que hiciste caca.

—Mami, no uses esa palabra. ¡Es vergonzoso!

—Caca, caca, caca. ¡Tienes que hacer caca! —grita.

Se ha vuelto una experta poniéndome boca abajo. Antes de que yo me dé cuenta, ya ella ha agarrado el poste entre mis piernas y me ha volteado.

—¡Espérate! Dile a Zeide que se vaya. ¡No quiero que él me vea!

—Voy a salir, Ruti, no te preocupes —dice Zeide en su suave susurro.

Mami desliza algo dentro de mi trasero que se siente como un dedal de mantequilla.

—¡Para, Mami, detente! —grito.

—¡Tienes que hacer caca! ¡Todo el mundo tiene que hacer caca!

Mi interior empieza a gorgotear. "¡Oh, no, trae el orinal! ¡Voltéame! ¡Rápido!"

Mami me voltea boca arriba de nuevo, y no puedo detener el líquido negro que sale de mi cuerpo. Es un río, un río apestoso.

—¡Lo habías aguantado durante semanas! ¿Por qué ahora no puedes esperar un minuto? —Mami grita. Sale corriendo de la habitación y regresa con el orinal.

Pero es demasiado tarde. Habrá que cambiar las sábanas. Mami pone el orinal debajo de mí de todos modos.

—Cambia las sábanas —lloro—. ¡Mami, por favor!

—Lo haré, en un minuto —dice y suspira dando la vuelta para salir.

Escucho a Mami y Zeide hablando en la sala.

—Hago lo mejor que puedo, Papá. A veces simplemente llego a mi límite.

—Ruti es una niña buena, pero está sufriendo, y tú también estás sufriendo con ella.

—Papá, sé que no debería decir esto, pero yo siento que me estoy volviendo loca encerrada todo el día en este apartamento tan pequeño. Es como si estuviera en la cárcel.

—Lo sé, mi hija, lo sé. Pero no es culpa de Ruti. Ella también está presa aquí todo el día, deseando poder caminar y correr como lo hacen todos los niños.

—Yo no sé cómo vamos a sobrevivir esto, Papá.

—Como dice el refrán: "No hay mal que dure cien años".

"No hay dolor que dure cien años". ¡Será mejor que sea verdad!

Entonces escucho a Mami responder con tristeza: "Espero que tengas razón, Papá".

Huelo el azucarado café cubano que Mami debe estar haciendo. Escucho el tintineo de las tazas de porcelana en sus platillos. Si pudiera, correría a la sala y les tumbaría las tazas de café de las manos. Pero no puedo hacer nada más que quedarme acostada en mi caca y esperar.

Finalmente, Mami regresa. Entra en la habitación y quita las sábanas sucias de la cama. Me da una toalla húmeda para que me limpie mientras me levanta con el palo. Luego trae una palangana con agua y jabón y yo me lavo las manos. Finalmente, pone sábanas limpias sobre la cama, estirando la tela con fuerza en las cuatro esquinas.

Mientras recoge las sábanas sucias, me mira como si yo fuera la criatura más asquerosa del mundo. Un animal. Un cerdo.

—Lo siento, Mami, lo siento mucho.

Mami no responde. Sale con las sábanas sucias.

Ella no regresa en mucho tiempo. Tengo sed. Quiero agua. Me siento sola. Pero sé que es mejor no pedirle nada a Mami cuando está cansada de mí. Me prometo a mí misma que no la llamaré, aunque tenga que esperar horas y horas.

Abro el libro de cuentos de Hans Christian Andersen y leo las palabras que ya me sé de memoria: "Lejos en el océano, donde el agua es tan azul como el aciano más hermoso, y tan claro como el cristal, está muy, muy profundo…"

Oh, si tan solo pudiera nadar en el océano como la sirenita, no me importaría tanto mi yeso.

Es tarde cuando Mami regresa a mi habitación y me trae el almuerzo en una bandeja: un sándwich de queso a la parrilla con una sola rebanada de pan, una manzana cortada en pedacitos y un vaso de agua.

Se ha duchado y lleva puesta una blusa satinada del color del coral marino y una falda ajustada, pintalabios rojo como las flores de marpacífico y tacones altos con los dedos expuestos. Está vestida como si fuera a un lugar elegante, y no estuviera presa en casa con una hija que no puede levantarse de la cama.

—Gracias, Mami —digo con mi voz más dulce—. Estás preciosa.

Ella apenas asiente.

—Mami, ¿todavía me quieres?

—Por supuesto que todavía te quiero —suelta. Se ve más triste que nunca.

Sé que Mami tiene que amarme. Soy su hija. Y ojalá no tuviera que estar encerrada en casa todo el día conmigo.

Quiero que ella salga. Quiero que el mundo la mire. Ella es demasiado bonita para estar atrapada en una jaula. El único problema es que, si Mami me deja, yo moriría y no quiero morirme. Quiero crecer. Quiero viajar por el mundo y vagar por las dunas de arena y subir a la cima de montañas nevadas. Visitaré ciudades que tengan nombres hermosos como Ipanema y Kioto. Haría tantas cosas.

Algún día...

Mientras tanto, solo soy una niña que no va a ninguna parte.

vienen a ver a la puerquita
en el corral

En vez de hacer un pícnic en el parque o montarse en una montaña rusa en Coney Island los fines de semana, ahora toda la familia viene a visitarme. Y vienen también todos los viejos amigos de Mami y Papi de Cuba. Mami los guía a la habitación. E Izzie ronda y dice: "¿Puedo mostrarles el yeso? ¡Déjenme mostrárselo!".

Vienen a ver la puerquita en el corral. "Oink, oink", quiero decir cuando entran. Sonríen por medio segundo. Entonces el rostro se les empieza a desplomar cuando me miran. "¿Cómo estás, Ruti?", preguntan con preocupación en sus ojos.

Intento sonreír y actúo como si no me importara estar pegada a la cama. "Me siento muy bien", les digo. "¡Estoy leyendo muchos libros! ¡Y ahora soy un genio de los crucigramas!"

—Muy bien, Ruti.

Nadie sabe qué más decir.

Los hombres rodean los hombros de las mujeres con sus brazos y las empujan hacia la puerta. No miran atrás. Se sienten aliviados cuando abandonan el repugnante corral donde vive la puerquita.

* * *

Puedo darme cuenta de que Baba es quien más sufre cuando me ve. Todavía tiene que tomarse una pastilla todas las noches para poder dormir. Si no, tiene pesadillas horribles y grita: "¡Ayuda, ayuda!", y despierta a Zeide.

A ella le preocupa que mi pierna rota sea culpa suya porque yo dormía en su regazo cuando ocurrió el accidente. Está convencida de que si se hubiera aferrado a mí con más fuerza, tal vez no me habría lastimado.

—*Shayna maideleh, shayna maideleh* —dice Baba una y otra vez, limpiándose las lágrimas al entrar a la habitación. Me gusta cuando me dice "niña hermosa", pero no me gusta verla llorar.

Le digo a Baba que no es culpa suya. Siempre que viene, le pido que me cante para olvidar las cosas malas que han intentado robarnos la felicidad.

Mi canción favorita es una canción de cuna, una canción cubana, y me encanta la forma en que Baba la canta con un susurro de acento yiddish.

> *Esta niña linda*
> *que nació de día*

quiere que la lleven
a la dulcería.

—Por favor, Baba, cuéntame la historia de cómo llegaste de Polonia a Cuba.

—Pero has escuchado esa historia muchas veces —dice.

—Lo sé, pero quiero escucharla de nuevo.

Baba acerca la silla a mi cama. Toma mi mano y empieza a contarme la historia:

"Ay, ay, ay, shayna maideleh, qué momento fue ese. Si pudieras imaginártelo, yo solo tenía dieciocho años. Era 1925 cuando me despedí de mi familia y tomé un tren de Varsovia a Rotterdam. Entonces, abordé un gran barco.

—¿Cómo fue, Baba, viajar sola? ¿Tenías mucho miedo?

—Tenía miedo, por supuesto. ¡Nunca había viajado antes, ni en tren ni en barco! El tren estaba lleno de gente sudorosa, pero pensé que sería romántico estar en un barco en el mar. Pero no, ese barco transportaba vacas, ovejas, cabras y algunas personas. Era como el arca de Noé.

—¿El viaje te pareció muy largo?

—Días y días en el mar, pensé que nunca llegaríamos. Extrañaba a mi familia y no sabía si volvería a verla. Iba a una tierra extraña donde no conocía a nadie. Había océano por todos lados, interminable, y el olor a sal y salmuera de las bodegas era tan fuerte que toda la comida sabía a pepinillo amargo.

Entonces, un día, una gaviota aleteó cerca de nosotros. Estábamos cerca de tierra firme y pronto arribamos a las costas de la hermosa isla de Cuba.

Empecé una nueva vida. Probé frutas que no sabía que existían, como el mango y la frutabomba. La dulzura de las piñas parecía un regalo del cielo. Y la gente era amable. Nadie me trató mal porque era judía. Conocí a tu zeide, nos casamos y juntos trabajamos muy duro para traer a mi mamá y mi papá y mis hermanos y hermanas de Polonia. Estábamos tan felices.

Baba hace silencio por un tiempo. Entonces se frota los ojos, conteniendo las lágrimas, sin poder dejar salir toda la tristeza que lleva consigo.

—Si no nos hubiéramos ido a Cuba, hoy no estaríamos aquí hablando —me dice Baba—. Cuba nos salvó de Hitler y de la guerra. Cuando tú naciste, nuestra primera nieta, fuiste un regalo de esperanza. Pensamos que nuestro hogar siempre estaría en Cuba… y entonces tuvimos que dejar Cuba y venir a Nueva York. He sido una refugiada no una sino dos veces. Pero de algún modo encontramos la fuerza para empezar de cero por segunda vez.

—Y ahora, somos felices, ¿no, Baba? Como dice Papi, estamos en un país libre.

—Oh, *shayna maideleh*, claro que lo somos, pero no estaré en paz hasta que tú estés fuera de este yeso y puedas caminar.

Cojo el pañuelo que le quité a Mami, el de Cuba, y se lo paso a Baba.

—Por favor, Baba, no llores. Yo me voy a poner bien. Solo debemos tener paciencia, como tú la tuviste en ese barco.

—Sí, así es —responde Baba y me regala una sonrisa—. Todo les llega a aquellos que esperan.

Baba hurga en su cartera y saca un caramelo de mantequilla.

—Escóndelo debajo de tu almohada —susurra. Sabe que si Mami lo ve, me lo va a quitar.

—Gracias, Baba. ¿Me volverás a contar la historia otro día?

—Por supuesto, *shayna maideleh*, todas las veces que quieras. Mi vida se ha convertido en un cuento. Y un día tu vida también se convertirá en uno.

—Eso va a llevar una eternidad —suspiro.

—Pero llegará el momento, *shayna maideleh*, te lo prometo. Lo único que podemos hacer es tener fe en que la vida nos lleva adonde nos lleva por una razón, para que podamos aprender cosas que no sabíamos sobre nosotros mismos. Un día recordarás tu sufrimiento y le encontrarás un significado y esa será tu historia.

Justo cuando dejo de preguntarme si Danielle vendrá alguna vez a visitarme, la escucho en la puerta preguntándole a Mami: "Madame, ¿puedo saludar a Ruthie? ¿Está lo suficientemente recuperada como para recibir visita?

—Hola, Ruthie —dice Danielle entrando a la habitación—. Lamento que no puedas jugar a la rayuela.

Danielle lleva puesto un vestido verde con cuello blanco, medias blancas hasta los tobillos, zapatos blancos con taquitos y lazos de satén. Su largo cabello negro está atado en una gruesa trenza que le llega hasta la espalda, con un lazo verde en la punta. No podría verse más perfecta.

—Estaré mejor pronto —respondo, tratando de sonar alegre—. Siéntate, Danielle. Podemos jugar a las cartas, si quieres. O Monopolio.

Hay una silla junto a mi cama donde se sientan todos los visitantes. Pero Danielle no se sienta. Se queda ahí parada, mirándome, moviendo los pies al ras del suelo.

—¿Quieres firmar mi yeso? —le pregunto.

Aparto la sábana de mi lado izquierdo para que ella pueda ver cómo el yeso se extiende desde los dedos de los pies hasta la cintura.

Le echa un vistazo y se pone pálida. Entonces dice: "Gracias, Ruthie. Ahora no. Solo he venido a saludar. *Maman* dijo que debía venir a verte, que era lo más correcto".

Puedo darme cuenta de que tiene miedo de estar a solas conmigo. Tal vez piensa que soy contagiosa y que terminará con un yeso corporal también.

Mira su reloj: "Perdón. Tengo que irme".

Sale corriendo de la habitación como todos los demás, sin mirar atrás.

Una vez que se ha ido, me quedo allí con mi yeso, mirando el lugar vacío donde ella estaba parada.

Todos han dejado de ver a la persona que soy, la niña llamada Ruthie. A veces siento que no soy más que mi yeso. Tengo que estar aquí y sentir la lástima de la gente que me visita. ¿Dónde me escondo? ¿Adónde corro? Me siento desnuda ante el mundo entero.

Los únicos niños que vienen todos los días, sin falta, son mis primos, Dennis y Lily. Se deslizan en la habitación con Izzie y los cuatro jugamos una ronda de Monopolio o de Scrabble. Pero son más pequeños e infantiles y se cansan rápido de estar encerrados. Después de unos minutos, salen corriendo y juegan en la calle.

Una tarde, después de llegar a casa de la escuela, Dennis e Izzie lanzan una pelota en la habitación. Vuela cerca de la cama y yo la atrapo y la tiro. ¡Estoy tan feliz de volver a ser una niña normal!

—¡Buena atrapada, Roofie! —vocea Izzie.

Le lanza la pelota a Dennis, para que luego él me la tire a mí. Nos estamos divirtiendo, pero Lily se apresura a delatarnos.

Mami irrumpe gritando: "¡Niños, no jueguen aquí! ¿Qué pasaría si le dieran un pelotazo en la pierna a Ruti?".

—¡Está bien, Mami! —digo—. El yeso es duro. La pelota no me va a hacer daño. No los hagas que se vayan. ¡Por favor!

Pero a Mami no le importa lo que yo diga. Ahuyenta a los niños de la habitación. "Fuera, niños. ¡Salgan!".

Ellos tampoco miran atrás. Y se van, hacia donde brilla el sol.

una linterna y Nancy Drew al rescate

¿Cómo se siente el sol?

No lo recuerdo.

Como la ventana está detrás de mí, solo veo las sombras y las manchas de luz.

Por la mañana, la habitación es de un color amarillo pálido. Por la tardecita se vuelve gris. Y por la noche una cortina negra cae sobre el mundo.

Le pido a Papi una linterna para compensar la luz del sol que he perdido. Me consigue una lo suficientemente brillante como para iluminar el más oscuro de los túneles.

Mantengo la linterna junto a mi almohada. Para poder ser valiente.

El momento más aterrador es la profundidad más profunda de la noche. Todas las lámparas están apagadas en la casa y todos duermen, excepto yo. Entonces es cuando más me duele la pierna rota. Quisiera que alguien me tomara de la mano. Que alguien me dijera palabras de aliento. Pero me quedo callada porque no creo que merezca ningún gesto de bondad. El médico de la sala de emergencias me dijo que una pierna rota no era la gran cosa.

Por eso lloro lo más bajito que puedo en lo más profundo de la noche. Hay una caja de Kleenex al lado de mi cama y de allí saco pañuelo tras pañuelo para secarme las lágrimas.

Izzie duerme y no se da cuenta.

Anoche, cuando sentí miedo, se me ocurrió una gran idea. Me cubrí la cabeza con la sabana, encendí la linterna y la apoyé sobre el yeso.

Me sentí segura, como si estuviera acampando en una tienda de campaña en el bosque y rodeada de árboles susurrantes y osos pacíficos, como las historias que cuenta tío Bill de cuando lleva a los Boy Scouts a Bear Mountain, la Montaña del Oso.

Ahora estoy acampando sola bajo la sábana de mi cama. Me abrazo y digo: "Vas a estar bien. Vas a estar bien. Vas a estar bien".

Antes de quedarme dormida, apago la linterna para que no se le acabe la batería, pero me quedo arropada hasta la cabeza.

Por la mañana, cuando Mami entra con el orinal, me ve toda cubierta.

—¡Ruti! ¡Despierta!

—Estoy despierta —le digo.

Sigo cubierta de pies a cabeza con la sábana. No estoy lista para salir de mi tienda de campaña.

—¿Cómo puedes respirar? Desarrópate ahora mismo, ¿o prefieres que te quite yo la sábana? —dice, ya molesta conmigo y con el día que ni siquiera ha empezado.

Me desarropo y le sonrío. "Mírame, estoy bien".

Ve los pañuelos esparcidos por la cama. "¿Estuviste estornudando durante la noche?"

—Sí, Mami.

—Deben ser todas esas flores brotando —dice, mirando por la ventana—. Los inviernos son tan largos en este país que pensé que nunca volvería a usar sandalias. Es un alivio que el verano finalmente haya llegado. —Entonces me mira con pena—. Tú también un día volverás a ponerte sandalias, mi niña. Solo tenemos que ser pacientes.

—Sí, Mami. Todo va a estar bien.

¡Cuánto valor necesito para sonreírle a Mami! Para actuar como si no estuviera preocupada en absoluto.

El último día de clases antes de las vacaciones de verano, Joy me trae una pila de libros. "Aquí tienes, Ruthie", dice. "Puedes leer novelas policíacas de Nancy Drew durante el verano y así descansas un poco de las matemáticas. Estás al día en tus clases, así que no hay necesidad de abrumarte con más lecciones".

A principios de julio, ya he terminado de leer los diez libros de Nancy Drew y entonces no tengo nada nuevo que leer y nadie con quien jugar. Danielle no ha regresado.

¿Pero a quién le importa? Ella me trató mal. Y Ramu, que es tan agradable, no puede visitarme.

Una de las peores cosas de estar aburrida es que tienes demasiado tiempo para pensar en las cosas terribles que pueden suceder, y en cómo no puedes evitar que pasen cosas terribles si de todos modos van a pasar.

Como la noche del accidente.

Esos chicos no sabían que iban a morir cuando fueron a la discoteca. Y yo no sabía que terminaría en un yeso corporal.

Tengo tantos temores. ¿Y si no me curo? ¿Y si la pierna se me queda rota para siempre? Ni siquiera el mar es lo suficientemente grande para cargar con todos mis miedos.

Tengo miedo de tener miedo.

Nancy Drew nunca tiene miedo. Eso es lo que me gusta de ella.

Así que leo los libros una y otra vez. Los leo en voz alta como una actriz en un escenario. No hay nadie alrededor que me escuche.

Leí en voz alta *The Clue of the Broken Locket*, *La pista del relicario roto*, donde Nancy Drew dice: "¡Estoy lista para empezar! Dime más sobre Henry Winch y por qué está tan asustado".

Cambio la línea para que Nancy Drew diga: "Estoy lista para empezar! Dime más sobre Ruthie Mizrahi y por qué está tan aterrada".

Y ahí viene ella, la pelirroja Nancy Drew (aunque su pelo es más bien del color de las fresas), la chica detective, tan americana y tan segura de sí misma, vistiendo una blusa de cuello redondo y una falda lápiz, empuñando su lupa de vidrio.

—Hola, Nancy Drew —le digo—. Soy Ruthie Mizrahi. Por favor, ¿podrías resolver el misterio del accidente automovilístico? ¿Por qué ocurrió? ¿Por qué se me rompió la pierna y por qué terminé en mi cama?

Nancy Drew me sonríe, arqueando una ceja. "¡Eso ciertamente suena intrigante! ¡Y yo he estado anhelando otro caso!".

Y cuando imagino que Nancy está conmigo, no es tan malo. He descubierto que si solo me tengo a mí misma, a mi persona por compañía, más vale que me entretenga.

Luego, por las ventanas abiertas, escucho el camión de helados y un grupo de niños que chillan, corren y juegan por las calles.

Ojalá pudiera estar jugando a la rayuela.

Ojalá pudiera soplar una flor de diente de león y ver sus semillas volar.

Ojalá pudiera pararme al sol y correr tras el camión de helados y comprar un barquillo de chocolate y comérmelo muy rápido antes de que se me derrita en las manos.

Ojalá, ojalá, ojalá.

Parte III
UNA PIEDRA EN MI CORAZÓN

ayúdame a no odiar

Mami ha convencido a Papi de que puede cuidarme antes de irse a trabajar el sábado por la mañana. Ella va al salón de belleza para arreglarse el cabello. Coloca el orinal debajo de mí en caso de que yo tenga que hacer pipi o caca. Mis opciones son aguantarme o sentarme sobre orines y caca. Decido intentar aguantarme.

Papi se sienta en la silla junto a mi cama; lee un periódico en español.

Estoy molesta por tener que quedarme acostada en el repugnante orinal hasta que Mami regrese y no puedo dejar de pensar en el accidente automovilístico.

—Papi, dime cómo ocurrió el accidente.

Deja el periódico y niega con la cabeza. "¿Por qué no hablamos de otra cosa, Ruti?".

—Pero yo quiero saber. Estaba dormida.

—Mira, Ruti, lo que pasó fue muy simple. Había cinco muchachos que querían divertirse esa noche. El chico que conducía nunca había manejado solo. Se fugó de la casa y cogió el carro del garaje de sus padres sin que ellos se dieran cuenta. Invitó a sus cuatro mejores amigos a ir a una discoteca. Se tomaron unos tragos. En el camino de regreso, el muchacho manejaba tan rápido que el carro salió volando por los aires y terminó en nuestro lado de la carretera. Se mató y mató a sus amigos. Los cinco murieron. Dieciséis años, esos chicos. Muchachitos.

—Papi, ¿no estás furioso con el chico que causó el accidente? ¡Yo sí!

—Tu tío Bill dice que me va a buscar un abogado. Quiere que demande a la familia del chico. Es cierto que necesitamos el dinero para pagarle al doctor Friendlich, pero no sé…

—Sí, Papi. Escucha a tío Bill. Él es americano, él sabe.

—No estoy seguro —dice—. No somos nadie. Somos refugiados. Acabamos de llegar a este país. ¿Y si nos envían de regreso a Cuba?

Siento cómo la rabia se me sube a la cabeza, mi frente caliente como si tuviera fiebre.

—¡Haz que paguen, Papi! ¡Hazles pagar! Ese muchacho no debió conducir tan rápido. Es su culpa que se haya muerto. También mató a sus amigos.

Papi responde: "Incluso las personas buenas pueden hacer cosas malas".

Pero odio al chico que provocó el accidente.

Quiero que pague por toda la tristeza que ha causado: por matar a sus amigos, por dejar a una mujer paralizada de por vida, por obligarme a estar metida en un yeso corporal como una salchicha.

No sé qué hacer con esta rabia que quema y quema.

Estoy echando humo dentro del yeso. Si pudiera, patearía el piso.

—¿Puedes abrir la ventana, Papi?

—Está abierta. Pero voy a tratar de abrirla un poco más para ti. —Sacude el marco de la ventana—. Ahí. ¿Así está mejor?

Entra un poco de aire y escucho el gorrión piar.

—¿Las hojas de los árboles están verdecitas ahora?

—Verdes, verdes —me dice Papi—. Parecía imposible que las hojas volvieran a salir después de un invierno tan frío. En Cuba tenemos una estación todo el año. Pero aquí las hojas mueren y vuelven a nacer, verdes, verdes. Es un milagro.

Me gusta el sonido de esa palabra, verde, en español. Es más hermoso que el de la palabra *"green"* en inglés.

Tan pronto como pueda caminar de nuevo bajo los árboles que florecen verdes, verdes, intentaré olvidar que alguna vez odié. Hasta entonces, el odio será una piedra en mi corazón.

Mami llega a casa del salón de belleza, feliz y despreocupada, cantando "Cuando calienta el sol aquí en la playa", una canción de amor cubana sobre el cálido sol en la playa. Se ve todavía más hermosa de lo que se ve todos los días.

Papi sale de la habitación y puedo dejar de retenerlo todo, el pipi y la caca. Por fin, por fin, por fin, Mami se lleva el orinal.

Papi se pone su uniforme de fumigador y pasa a verme antes de irse.

—Ruti, sé una niña buena —dice, y se inclina para que lo abrace.

—Lo seré, Papi.

—No pienses tanto en el accidente. Tenemos que mirar hacia adelante, no hacia atrás. ¿Tú entiendes?

—Está bien —le digo, pero sé que la piedra todavía está aquí, dentro de mi corazón. Puedo sentirla cuando trago.

Tan pronto como Papi sale por la puerta, Mami regresa cargando un balde de agua, una palangana grande y toallas.

Mami me frota los hombros y la nuca con tanta fuerza que me duele.

—¡Suave, Mami! Que no estás sacándole brillo a la estufa —grito.

Cuando termina, me lavo debajo de los brazos con mucho jabón.

El yeso huele mal de todos modos. Huele peor que las medias sucias de Izzie.

—Ahora le toca a tu cabello —dice.

—¡Hoy no, por favor!

Me encanta mi pelo largo que siempre tengo en dos colas. Como no puedo levantarme de la cama, Mami ha estado rociándome el cabello con champú seco y yo me lo he estado cepillando. Pero mi cabello no se siente muy limpio.

—¡Deja de rascarte la cabeza! Pareces una monita.

Mami me quita la almohada y me mete la palangana debajo del cuello.

Me moja el cabello, me hace espuma y luego enjuaga con jarritos de agua tibia. Me cae champú en los ojos y me pica, y me duele el cuello por sostenerlo rígido sobre la palangana. Para cuando termina de lavarme con champú, Mami ha derramado agua enjabonada por el suelo y la cama. Es un gran reguero y tiene que limpiarlo todo. Termino acostada en un colchón empapado.

—¡Esta es la última vez que lavo ese pelo largo tuyo! Mañana traeré a mi peluquera —anuncia—. Le pediré que te corte el pelo para que sea más fácil lavártelo.

—¡No! —grito—. ¡¡¡No quiero quedarme sin mis colas!!!

—¿Quieres un pelo largo y sucio que huela mal o un pelo corto, lindo y limpio como una niña dulce? ¿Qué prefieres?

—¡Mami, por favor no me quites el cabello! ¡Por favor! Es lo único que queda de mi antigua vida, cuando era una niña normal que podía caminar, correr y hacer lo que quería. Vamos a mejorar la lavada de cabeza. La próxima vez no mojaremos nada. Lo prometo.

Miro a Mami con ojos suplicantes, pero ella está parada sobre mi cama negando con la cabeza. "Pero, Ruti, solo mira el desastre que hicimos. Mírame cómo he quedado".

Su bonito vestido rosado está salpicado de agua.

La peluquera se llama Clara. Inmediatamente me corta las colas de dos tijerazos.

—¡No! ¡Espera! —grito.

Lo siguiente que sé es que está dejando caer mis colas en una bolsa de plástico. Creo que va a venderle mi cabello a gente que hace pelucas y va a ganar mucho dinero.

Clara me recorta el pelo alrededor de la cabeza y de las orejas hasta que me quedo prácticamente calva. Lo seca con un secador. Está tan corto que no demora nada haciéndolo.

Cuando Clara se va, Mami me trae un espejo de mano. "¿No quieres ver? Te ves muy bonita".

—¿Bonita? Parezco una triste niña huérfana que limpia chimeneas —miro mi reflejo—. ¿Por qué me has hecho esto, Mami? ¿Por qué?

—Es por tu bien.

—¡No quiero verme así!

Lanzo el espejo al otro lado de la habitación.

Se rompe en muchos pedacitos.

—Eres una niña mala —murmura Mami en voz baja mientras busca una escoba y un recogedor.

Ojalá no la hubiera oído decir eso.

Regresa y se inclina para recoger los fragmentos de vidrio. Me preocupa que se corte sus delicados dedos y que le sangren.

—Lo siento, Mami.

—Siete años de mala suerte —dice, sacudiendo la cabeza.

Veo a Mami barrer y me siento mal por hacerla trabajar tan duro.

Me paso las manos por lo que queda de mi cabello. No puedo evitarlo. Me pongo a llorar. Mis colas se han ido. Mi hermoso cabello largo se ha ido.

Las lágrimas se deslizan por mis mejillas en silencio. Me he vuelto una experta llorando sin hacer ruido, sin molestar a nadie.

Pero Mami se da cuenta. Viene y se sienta en la orilla de mi cama.

—Por favor, no llores, mi niña. El cabello te volverá a crecer más fuerte que antes, créeme.

—Sin mis colas, soy la niña más fea del mundo. Y también soy una niña mala, como dijiste.

Los ojos de Mami también se llenan de lágrimas. "Siento haberte dicho eso, mi niña. A veces me canso y digo cosas que no debería decir. Tú no eres una niña mala. Eres una niña rota".

Las dos nos limpiamos los ojos con pañuelos, y Mami se acerca y me abraza. Empiezo a sentirme mejor de inmediato.

—¿Sabes lo que dijo el doctor, Mami? El doctor dijo que tengo suerte porque no terminé paralizada de por vida como la señora en el carro de enfrente. Eso me hace una niña rota con suerte.

—Así es, mi niña. Eso es lo que eres. Estás rota, pero te sanarás. Solo tenemos que esperar.

—Pero no voy a tener siete años de mala suerte, ¿verdad, Mami? Siento mucho haber roto el espejo.

—No te preocupes, mi niña, esas son supersticiones. Los espejos deben haber sido caros en los tiempos de antes, así que inventaron ese cuento para asustarnos.

—¿De verdad no me veo fea con el pelo corto?

—Te ves preciosa. ¡Y tengo una idea de cómo hacerte lucir aún más preciosa!

Mami sale corriendo de la habitación y regresa con una cinta turquesa. La convierte en un lazo y lo sujeta a un lado de mi cabeza con un ganchito. Luego me trae su pequeño espejo compacto.

—¿Qué opinas? ¿No se ve bien?

—Me gusta, Mami, gracias. ¿Crees que para cuando el cabello me vuelva a crecer, estaré caminando de nuevo?

—Recemos por eso, mi niña.

—Mami, ¿te puedo contar un secreto?

—Por supuesto, mi niña.

—Odio al chico que causó el accidente. Se mató él mismo. Mató a sus amigos. ¡Esa pobre mujer está paralizada de por vida! ¡Y mírame!

Mami me mira con sus ojos tristes. "Trata de no odiar tanto, mi niña. Tal vez te mejores más rápido".

Querido Dios,

Todo el mundo me dice que deje de odiar al chico que provocó el accidente.

Pero no puedo.

¿Crees que me puedas ayudar? ¿Quizás, mientras esté dormida, puedes venir y arrancarme todo el odio que siento, que es como una piedra en mi corazón? Y luego soñaré que floto hasta las estrellas y que las oigo susurrar la una a la otra.

Ruthie

cielo por todas partes

Ahora, cada vez que Mami entra a mi habitación, me rocía agua de violetas y murmura: "¡Qué peste!".

Qué mal olor… mi repugnante olor.

No solo se está poniendo mohoso el yeso por mi sudor, sino que está comenzando a cortarme la carne y a dejarme feos moretones en la piel. Mami le pide a tía Sylvia que llame al doctor Friendlich para que hable con él en inglés y averigüe qué podemos hacer.

El doctor Friendlich le dice a tía Sylvia que debo seguir una dieta más estricta. Dice que me están saliendo moretones porque he aumentado de peso y mi barriga está aplastada contra el yeso.

Esta noche, Mami solo me da un tazón pequeño de espaguetis.

—Por favor, solo un poquito más —le ruego.

Mami niega con la cabeza.

Después de la cena, Izzie entra corriendo desde el comedor con un puñado de galletas con chispas de chocolate y se me hace agua la boca. Creo que se está portando mal como Karen en la historia de Hans Christian Andersen. Ella siguió bailando con sus zapatos rojos mientras la amable anciana sufría y se moría.

Izzie sigue comiendo frente a mí y siento que estoy sufriendo y muriendo.

¡Y todo es culpa del chico que causó el accidente automovilístico!

La piedra crece y crece, más grande que mi corazón.

Finalmente puedo arrancar el mes de julio de mi calendario y es hora de que la ambulancia venga a buscarme. ¡Son Bobbie y Clay otra vez!

—Hola, cariño —dice Clay—. ¡Te ves bien! ¡Me encanta ese lazo en tu pelo!

Parece que no se dan cuenta de que huelo mal. O tal vez fingen no darse cuenta.

—¡Debes estar ansiosa por salir! —dice Bobbie.

—Sí, ya no aguanto.

Él y Clay me amarran a la camilla y bajamos en el ascensor.

Mami nos sigue con sus tacones altos. Tíquiti, tíquiti, tíquiti, tíquiti.

Afuera, los ojos empiezan a dolerme por la luz y el sol.

—¡No puedo ver! —gimo—. ¡Me estoy quedando ciega!

Bobbie sonríe. "No te preocupes, *kid*. Es que no has salido durante meses. Los ojos se te han puesto sensibles".

Pone una mano frente a mi cara. "¿Cuántos dedos ves?".

—Tres.

Se ríe de forma traviesa. "Puedes ver bien. Bizca. Ahora abre los ojos lentamente. Ya te acostumbrarás".

Pero el cielo parece estar en todas partes. Cielo cayéndome encima, cielo a mi alrededor, cielo descansando a mis pies. Hay demasiado cielo.

Clay ve que estoy asustada y me guiña un ojo y dice: "Encenderemos la sirena, para que todo el mundo se quite de nuestro camino. Será muy divertido, ¿verdad que sí, Ruthie?".

Asiento con la cabeza. No quiero decirle lo mucho que me asusta el sonido de la sirena y que me trae recuerdos del accidente.

El alivio llega una vez que Mami se sienta a mi lado en la parte trasera de la ambulancia y se cierran las puertas. Entonces no vemos nada; solo sentimos lo rápido que vamos, acelerando por la autopista de Queens a Brooklyn, con la sirena a todo volumen. Cuando la ambulancia dobla en una curva, Mami me agarra la mano y la aprieta con fuerza.

—No te preocupes, Mami —le digo, sintiéndome como si fuera la adulta.

Mami me besa en la frente. "Eres una niña buena. Lamento tanto que tengas que sufrir".

Ojalá Mami siempre fuera así de dulce conmigo.

En el hospital, me llevan a una habitación. El doctor Friendlich está de pie, esperándome. Con un par de tijeras grandes, corta el yeso. Siento el frío escozor de la hoja de acero cuando los pedazos de yeso caen como la cáscara de un coco.

Me veo las piernas de nuevo… lo que una vez fueron mis piernas…

Cuelgan flácidas, recordándome de nuevo a mi muñeca de trapo cubana que Mami botó. Hasta mi pierna izquierda, que no está rota, se ve tan inútil que ni trato de moverla.

Toman una radiografía y el doctor Friendlich la sostiene a contraluz.

—Todavía está rota —dice negando con la cabeza.

La enfermera se acerca con una aguja, me pincha el brazo y me quedo dormida.

Cuando despierto, tengo un nuevo yeso blanco. Me cubre las dos piernas y me llega hasta el pecho, igual que antes. Tengo un poste de nuevo, a la altura de los tobillos, para que me puedan poner boca abajo. Lo único que es diferente es el clavo de hierro que sobresale a ambos lados de mi canilla derecha.

—Es un fijador —dice el doctor Friendlich— para alinear el hueso.

Cuando Mami entra a la habitación, el doctor Friendlich anuncia: "Pueden pasar otros cuatro meses hasta que el hueso se sane".

Mami no entiende lo que dijo el médico, así que me pide que le traduzca.

—¡Ay, no! —Mami exclama después de que le digo—. Tanto tiempo, tanto tiempo.

—Mi mamá dice que eso es mucho tiempo —le explico al doctor Friendlich.

—Sí, Ruthie, así es —dice—, pero no se puede apresurar un hueso roto. Si te dejara ponerte de pie ahora, te derrumbarías.

Cuando llegamos a nuestro edificio, Bobbie y Clay me hacen entrar en la camilla.

—Mira bien a tu alrededor, *kid* —dice Bobbie, deteniéndose—. No vas a salir durante otro largo tiempo.

Está nublado y la luz ya no hace que me duelan los ojos. Vuelvo la cabeza de un lado a otro, mirando para arriba y para abajo en nuestra calle.

Veo una hilera de carros estacionados.

Veo edificios de ladrillo, uno al lado del otro, alineados en largas filas tristes.

En la acera veo un tablero de rayuela dibujado con tiza roja.

Recuerdo lo bonito que estaba mi tablero con las flores que le añadí y lo divertido que se sentía tirar la piedra dentro de los cuadrados y saltar sin perder el equilibrio.

Eso fue hace tanto tiempo.

Este mundo es un sueño. Este mundo ya no es mi mundo. Cierro los ojos mientras me llevan dentro.

Estoy feliz de volver a mi habitación, a mi cama, a mi isla. Y a mi techo que me ama y siempre está encima de mí cuando miro hacia arriba.

Por lo menos mi yeso está fresco y limpio. Las cosas no están tan mal, me digo a mí misma, y vuelvo a acomodarme en la quietud de mi mundo.

Y entonces hay un tímido golpe en la puerta.

—Hola, señora Mizrahi, ¿puedo ver a Ruthie?

¡Es Ramu! Escucho su acento, el sonido de la India en su inglés.

—¡Entra, entra! —grito desde la habitación. Estoy ansiosa por ver a un amigo.

Mami guía a Ramu al interior. Él sonríe y dice: "Hola, Ruthie, ¿cómo estás?".

—No tan bien. Tengo que estar enyesada por cuatro meses más.

—Lo siento. Eso debe ser difícil de sobrellevar.

—Siéntate aquí, Ramu. ¿Puedes quedarte un rato?

—Solo puedo quedarme unos minutos. No se supone que esté aquí, pero mi madre salió con Avik a la tienda y yo estaba solo. Vi que te sacaban de la ambulancia y me sentí mal por no haber venido a verte, así que decidí escabullirme.

—¿Entonces tu mamá todavía no te deja jugar en el barrio?

—No. Tiene miedo de que perdamos nuestras costumbres y olvidemos cómo ser niños bengalíes educados y correctos. No sé por qué vinimos aquí a los Estados Unidos si no podemos vivir como las demás personas.

—Los padres son raros. Yo tampoco puedo entender a los míos. Pero entiendo un poquito cómo se siente tu mamá. ¿No estarías triste si ella dejara de hacer sus deliciosas samosas?

—Por supuesto, estaría terriblemente triste. Al igual que tú entristecerías si tu madre dejara de hacer sus deliciosos pastelitos de guayaba.

Le sonrío a Ramu. "Pero eso no tiene nada que ver con jugar con los otros niños. ¿Por qué no puedes jugar y luego irte a tu casa y ser bengalí?".

—Yo sé, Ruthie. No tiene ningún sentido. A veces me siento invisible, escurriéndome por las calles, sin tener la oportunidad de ser parte de este lugar.

—Ramu, ¿quieres galletas con chispas de chocolate, las favoritas de Izzie? —le pregunto.

—Oh, no, gracias, Ruthie. Mi madre se enfadaría mucho si me comiera esas galletas americanas. —Ramu se avergüenza y enseguida agrega—: Espero no haberte ofendido. Estoy seguro de que son unas galletas excelentes.

—Está bien, Ramu, yo tampoco puedo comer ahora o me pondría demasiado gorda para mi yeso.

Él inclina la cabeza y me mira con timidez. "Ojalá pudiera verte más. Tenía que venir y decirte que te extraño y que espero que te mejores rápido. ¡La escuela comenzará de nuevo pronto y no es divertido estar en la clase de los niños inteligentes si tú no estás!".

—Recuerdas la historia de la princesa que no podía llorar?

Ramu asiente. "¿Como podría olvidarla? Qué buena historia".

—Yo no necesito una cebolla para llorar —le digo—. ¡Lloro todo el tiempo! ¡Y odio a la gente llorona!

—Ten fe, Ruthie. Pronto te pondrás bien.

Ramu se quita una cadena de plata del cuello. De la cadena cuelga una medalla de plata que tiene la figura de un hombre de cabello largo que está parado en una pierna y tiene la otra en el aire. Tiene muchos brazos y parece que todos se están moviendo.

—Toma esto. Tal vez ayude —dice Ramu—. Es nuestro dios Shiva, el Shiva bailarín. Es muy fuerte. Baila para traer bondad al mundo. Por eso me gusta. Un día tú también bailarás, Ruthie. Shiva te ayudará.

Se inclina y me la pone alrededor del cuello.

—Gracias, Ramu. ¿Estás seguro de que no la necesitas?

—No, estoy bien. Guárdala por mí.

Quiero que Ramu se quede más tiempo, pero de repente Mami entra corriendo.

—Ramu, veo que tu madre regresa con tu hermano. Se están acercando al edificio.

Ramu se pone de pie de un salto. "Hora de irse. Espero poder volver otro día".

—Adiós, Ramu. Gracias por animarme.

—Adiós, Ruthie. ¡Tú también me animaste!

Querido Shiva,

No sabía de tu existencia hasta hoy, cuando mi amigo Ramu me regaló una cadena con tu imagen.

Ramu dice que eres un dios fuerte, un dios bailarín. Por favor, ayúdame a mejorar, para que pueda caminar otra vez. No necesito poder bailar, aunque sería bueno. En este momento, caminar sería suficiente.

¿También podrías ayudarme a deshacerme de todo el odio en mi corazón? Estoy llena de odio por el chico que provocó el accidente que me tiene atrapada en mi cama y yo sé que eso no es bueno.

Yo vengo de una religión diferente. Espero que aun así me puedas ayudar. Ramu dice que debería tener fe y, de alguna manera, voy a tratar de encontrar un poco.

Ruthie

una historia más triste

Mami trae su tabla de planchar a mi habitación para hacerme compañía mientras trabaja. Tiene puestas sus chancletas y se ve cómoda en una bata de casa, como ella le dice al vestido suelto que usa cuando hace mucho calor y no espera ninguna visita.

—Aquí no hay brisa de mar, como en Cuba —Mami se queja—. Incluso con las ventanas abiertas de par en par, no entra la brisa.

Estoy de acuerdo, una brisita caería bien. Tener un yeso en verano se siente como si estuviera envuelta en cien mantas.

—No es justo que yo haya terminado así —gimo.

—Nada es justo, mi niña —ella responde, sus ojos tristes llenándose rápidamente de lágrimas—. Nada. Todos tenemos nuestros problemas. Por lo menos estoy aquí para cuidarte.

—Gracias, Mami. ¿Y prometes que nunca vas a dejar de hacerlo?

—Te lo prometo, mi niña. Sé que a veces pierdo la paciencia —me dice—. Pero solo soy un ser humano, tú sabes.

Y de repente escuchamos horribles gritos desde el fondo del pasillo. Son los gritos de una mujer.

—¡Oh, no, oh, no, oh, no! ¡Auxilio! ¡Ayuda!

—Será mejor que vaya a ver qué pasa. Vuelvo enseguida —dice Mami, apresurándose.

La mujer sigue gritando, más fuerte que antes: "¡Auxilio! ¡Ayuda! ¡Mi pequeño! ¡Mi pequeño!".

Reconozco la voz: es la de la señora Sharma.

A veces piensas que tu historia es tan triste que nadie podría tener una historia más triste. Pero ahora lloro, no por mí, sino por Ramu y su familia.

Mientras su mamá preparaba la cena en la cocina, Ramu y Avik jugaban junto a una ventana abierta. A Avik se le cayó un juguete de la mano y se acercó a la ventana para atraparlo. Pero se inclinó demasiado y se cayó.

Izzie tiembla y llora contando su parte en la historia.

—Estábamos jugando afuera, cuando de repente vimos a Avik volando en el aire. ¡Como un pájaro! Tenía un juguete en la mano. Cuando cayó, vimos lo que era. El juguete era un elefante de cuerda de la India. Su mamá llegó corriendo. Llevaba puesto uno de sus largos vestidos y tropezó y se cayó al lado de Avik y lo abrazó. Él estaba bañado en sangre. Ella se quedó ahí en la calle, abrazándolo, hasta que la policía llegó. Entonces, ellos ahuyentaron a todos los niños.

Mami toma a Izzie en sus brazos y lo abraza, luego se acerca a la cama y me abraza y besa también. "Ay, pobrecita, la pobre mujer, ¡cómo debe estar sufriendo! Perder a un hijo es lo peor que le puede pasar a una madre. Mi niña, mi niño, ¡los quiero tanto a los dos!

Cuando Papi llega a casa, él y Mami van al final del pasillo y llaman a la puerta. Quieren decirles al señor y la señora Sharma cuánto lo sentimos. Tocan suavemente varias veces, pero nadie responde. Por fin, el señor Sharma abre la puerta lentamente. En un susurro, dice: "No aceptamos visitas, por favor. Gracias". Y cierra la puerta.

Tres días después, el señor y la señora Sharma y Ramu empacan sus maletas; regresan a la India.

El señor y la señora Sharma permiten que Ramu venga y se despida de mí. Se para junto a mi cama vestido con ropa india, una túnica holgada y pantalones anchos. Se ve incluso más delgado de lo habitual, casi como un espantapájaros.

Ramu extiende una mano. Se siente quebradiza, como una hoja seca en otoño. La aprieto levemente, por miedo a su fragilidad, a que él se pueda romper debido a la tristeza.

—Mi hermanito es un montón de cenizas. Viaja de regreso a la India en una caja de terciopelo. Dispersaremos sus cenizas en el río Ganges, para que esté en paz. Su espíritu vivirá. El espíritu nunca muere. Pero nosotros nunca volveremos a América.

—Lo siento, Ramu. Lo siento mucho.

—Acepto tu solidaridad, Ruthie. Por favor, no te preocupes por mí.

—Yo he estado sintiendo lástima por mí misma todos estos meses. Pero lo que tú estás viviendo es mucho peor.

—No poder caminar es terrible. Y perder a mi hermano es terrible. Pero ambos tendremos que seguir adelante de alguna manera.

—Espero que las cosas te vayan mejor en la India.

—Espero que te recuperes pronto.

—Nunca me voy a olvidar de ti, Ramu.

—Y yo nunca te olvidaré, Ruthie.

—¿Estás seguro de que no quieres que te devuelva la cadena?

—No, agárrate al dios Shiva y sigue pidiéndole que te ayude. Él es fuerte. Sé que escuchará tus oraciones.

—¿Me escribirás desde la India?

—Lo intentaré. Puede que pase un tiempo.

Sabemos que es la última vez que nos veremos. Nos estrechamos las manos una vez más.

Ramu se da vuelta para irse y desearía poder acompañarlo hasta la puerta.

—Adiós, Ramu —susurro.

Por días y días después de la partida de Ramu, he pensado en Avik. Me pregunto qué sintió mientras volaba en el aire. Tal vez se sintió feliz por un segundo, antes de estrellarse contra el suelo. Feliz de ser libre, feliz de no estar encerrado en la casa. Ojalá que sí.

Querido Shiva,

El pequeño Avik está de regreso a la India. Era un niño bueno, siempre le agarraba la mano a su hermano Ramu cuando cruzaban la calle, siempre escuchaba a su madre.

Por favor, dele la bienvenida a casa cuando él llegue.

Ruthie

Chicho viene de México

Un vecino nuevo se muda al apartamento al final del pasillo, donde Ramu y Avik vivían. Su nombre es Francisco, pero dice que lo llamen Chicho. Él habla un español más lento, más cortés que nuestro español cubano... ese que Papi dice que siempre anda corriendo porque se le va el tren. Chicho usa la palabra "ándale", y su voz se eleva y desciende con un cantadito que te levanta el ánimo.

Mami y Papi se hacen amigos de él de inmediato. Se alegran de tener un vecino con el que pueden hablar español y Papi le dice que siempre es bienvenido a tomarse un café cubano en nuestra casa. Las últimas dos tardecitas, después de la comida, Chicho ha pasado por aquí. Habla tan alto que puedo escuchar todo lo que dice desde mi habitación.

—Toda mi familia está en México. Nunca voy a volver a vivir allá, solo iré de visita. ¡Creo que Nueva York es la mejor ciudad del mundo! ¿No es así? Aquí puedes ser quien quieras y nadie te molesta. ¡Puedo salir a la calle con una piña en la cabeza y nadie se inmutaría! ¿A poco eso no es maravilloso?

Hace que Mami y Papi se rían a carcajadas con sus cuentos. Me da envidia no poder estar en la sala, así que llamo a Mami para que me traiga el orinal.

—Mami, ¿me lo puedes traer ahora?

Escucho a Mami explicarle a Chicho: "Es nuestra hija. Está en cama con una pierna rota".

—Oh, no, pobrecita, ¿por qué no me lo dijeron? —dice—. ¿Puedo conocerla?

—Déjame llevarle el orinal primero. Entonces puedes conocerla —dice Mami.

Cuando Mami entra, le digo que ya no tengo que ir.

—Ruti, no vuelvas a hacer eso —me grita—. Llámame cuando realmente necesites el orinal o no te lo traeré más.

Ella sale de la habitación y temo que no traerá a Chicho después de lo que hice, pero un minuto más tarde, ella le dice que pase.

—Lleva más de cuatro meses en cama —le dice Mami, como si yo no pudiera hablar por mí misma—. El médico dice que tendrá que estar así cuatro meses más. —Luego, levanta las mantas de un jalón. Le deja ver el yeso en mis piernas y el poste entre mis tobillos. Siento que soy su hija fenómeno en un espectáculo de circo.

Pero Chicho me mira directamente a los ojos y puedo decir que se compadece de mí. Se frota las esquinas de sus ojos oscuros y echa hacia atrás su espeso y erizado cabello negro.

—¿Quieres firmar mi yeso? —le pregunto.

—¿Puedo dibujarte algo mejor?

—¡Por favor, sí, un dibujo! —digo con entusiasmo.

—Está bien, dame un minuto y empezaré.

Corre a su apartamento y trae una caja de madera llena de pinturas de diferentes colores y unos pequeños frascos de agua.

—Esto me puede tomar un poco de tiempo —dice. Sonríe y comienza a arreglar las pinturas y los pinceles al borde de mi cama.

—No hay prisa, no voy para ninguna parte —respondo.

Me mira: "Ay, chiquita, eso es tan triste, que es gracioso".

Chicho se sienta en el borde de mi cama. Comienza pintando largas enredaderas verdes de las que brotan flores rosadas y moradas. Suben por mi pierna izquierda y continúan subiendo por la derecha.

Izzie regresa de jugar afuera y mira a Chicho pintarme.

—¡Vaya, eres bueno! —le dice a Chicho.

—Gracias, niño, gracias —responde y sigue pintando.

Y entonces Izzie se aburre de estar parado y sale a jugar de nuevo.

Yo no me aburro. Me encanta ver pintar a Chicho. Mezcla colores y los aplica a mi yeso como si fuera un lienzo.

—¿Ya te estás cansando? —le pregunto a Chicho.

—No, pero otra taza del delicioso café cubano de tu mamá no me vendría mal.

—Está bien, yo te lo consigo.

Grito: "¡Mami! ¡Chicho quiere más café!".

—¡Ya va, ya va! —Mami responde y le trae el café a Chicho en una de sus diminutas tazas de porcelana.

Él disfruta cada sorbo. "Gracias, señora Rebeca. ¡Qué delicioso!".

Luego, Chicho pinta delicadas mariposas que revolotean con alas de encaje y pajaritos diminutos con picos largos que él dice que son colibríes.

Después de un largo rato, suelta los pinceles y sonríe.

—Ahora tenemos que esperar a que la pintura se seque.

Miro mi yeso, tratando de ver todo lo que Chicho pintó, pero como no puedo sentarme es difícil para mí asimilarlo completo.

—Déjame traerte un espejo grande —dice Chicho—. Para que lo puedas ver mejor.

Otra vez corre a su apartamento y regresa con un espejo de cuerpo entero que sostiene a mis pies. En el espejo veo todos los detalles: las enredaderas, las flores, las mariposas y los colibríes en muchos colores.

—¡Gracias, Chicho! ¡Es tan hermoso!

—Órale, me alegro que te guste.

—Pintas de una manera psicodélica. A mi maestra le va a encantar —le digo, y estoy orgullosa de mí misma por usar esa palabra de adultos.

Chicho se ríe y sus ojos oscuros brillan: "¡Es el efecto del café cubano de tu mamá!".

Cuando termina de pintar, es de noche. Mami pone la mesa para la cena y Papi invita a Chicho a quedarse a comer con ellos e Izzie. Pero Chicho dice: "¿Puedo comer en el dormitorio con Ruti? Será divertido. ¡Un pícnic en el interior!".

Mami le trae la cena en una bandeja, como ella me la trae a mí. Le da a Chicho una ración enorme de frijoles negros y una gran cantidad de arroz blanco y bistec frito con cebollitas fritas y un plato repleto de plátanos maduros fritos.

Tengo que seguir mi dieta para no explotar el yeso. Solo me dan un poquito de cada cosa y ni un solo plátano maduro frito. Pero tan pronto como Mami sale de la habitación, Chicho me da uno de los suyos. "Cómetelo rápido, ándale, niña", dice.

—¿Eres artista, Chicho? —pregunto.

—Quería ser artista, pero mi papá no me dejó. Decía que no era una buena carrera para un joven. Entonces me hice ingeniero. Me especializo en puentes. Pero por las noches, saco mis pinturas y hago cuadros. Solo para mí.

—A mí también me gustaría pintar —le digo a Chicho—. Solía dibujar con tiza en la acera, para decorar mi rayuela. Y siempre dibujaba y pintaba cuando vivíamos en Cuba. Pero aquí no tengo materiales. Son muy caros.

Aprieta mi mano. "¿De verdad? ¿Quisieras algo de pintura y papel?".

—*Yes, yes!*

—Órale, vendré mañana y te traeré todos los materiales de arte que necesites para empezar. ¿Está bien, mi amor?

—¡Sí, sí!

—Ándale, pues. Hasta mañana.

Al día siguiente, Chicho regresa con papel, pinturas y pinceles. También trae un caballete especial que él mismo hizo, con madera y bisagras. Debajo del brazo carga dos almohadas muy gruesas.

—Pon el caballete sobre tu barriguita. Eso es, Ruti. Ahora acércate al papel. Con la cabeza apoyada en estas almohadas para que no te lastimes el cuello.

—¡Es perfecto, Chicho! Muchas gracias.

Ándale, no tienes que agradecerme. Es un gusto. Somos vecinos y para eso están los vecinos, para ayudarse unos a otros.

—¿Puedes enseñarme a pintar, Chicho?

—No puedo enseñarte a pintar, pero puedo mostrarte cómo usar los materiales de arte. Así es como sostienes el pincel, suavemente, entre los dedos. Luego lo sumerges en la pintura. No te sientas limitada por los colores primarios. Crea tus propios colores. Aquí hay algunos vasos plásticos en esta bandeja, para que mezcles los colores. ¡Experimenta! Ve lo que sucede cuando mezclas el azul con el amarillo, el rojo y el blanco.

Estoy feliz de tener las pinturas y los pinceles, pero sé que Mami no va a querer limpiar el reguero después. Ya tiene suficiente con la rutina del orinal y con tener que cuidarme día tras día.

Chicho nota el cambio en mi estado de ánimo. "¿Por qué estás tan triste, chiquita? ¿Ya no te emociona ser una artista?

—Voy a hacer demasiado reguero. ¿Entiendes? No podré limpiar los pinceles.

—No te preocupes, niñita, yo limpiaré los pinceles. Me aseguraré de que todo esté limpio y ordenado. Cuando termines, solo deja los pinceles en este frasco. Tiene un poquito de agua, para que los pinceles no se sequen. Los vendré a buscar todos los días y los traeré de vuelta, listos para que pintes de nuevo.

—Chicho, eso es muy amable de tu parte.

—La verdad, estoy siendo un poco egoísta. Quiero que te conviertas en la artista que yo no pude ser.

—¡Pero tú eres un artista, Chicho!

—Solo para mí, y tal vez eso sea suficiente. —Sonríe y se echa el pelo hacia atrás… erizado como de costumbre—. Bueno, mi niña, ¿te dejo sola para que puedas pintar? Los artistas deben estar en silencio para poder escuchar las historias en sus corazones.

—Está bien, pero antes de que te vayas, ¿puedo decirte algo, Chicho? Es importante.

—Dime. ¿Quieres que sea un secreto, al oído?

—Sí.

Chicho se aproxima y acerca su rostro al mío.

—Órale. Estoy listo.

—En tu apartamento, solía vivir una familia de la India. A la madre le gustaba el incienso de sándalo y el padre siempre estaba trabajando. Y había dos chicos. Uno se llama Ramu y era mi amigo en la escuela. El otro niño, su hermano menor, se llamaba Avik. Pobrecito Avik.

Empiezo a llorar, pero en silencio, de la forma en que aprendí a llorar desde el accidente.

—Ay, no. ¿Qué pasó, mi niña?

—El pequeño Avik… Estaba jugando cerca de la ventana. Y se cayó y se murió.

—Qué terrible, terrible.

—Y Ramu regresó a la India con su madre y su padre. Dice que nunca volverán a América…

—Ay, no, ¿y era tu amigo?

—Era mi amigo de cuando estábamos en la clase de niños tontos. Estábamos en esa clase solo porque no sabíamos inglés.

—Qué injusto.

—Y Ramu me dio esta cadena antes de irse. ¿Ves? Es el dios Shiva, el dios bailarín. Ramu me dijo que era muy poderoso.

—Qué lindo de Ramu que te lo haya dado como un *souvenir*.

—¡¡Chicho!! ¿Cómo sabes decir esa palabra, *"souvenir"*? ¡Esa fue la palabra que Ramu tuvo que deletrear para salir de la clase de los niños tontos! Y yo tuve que deletrear la palabra "compadecerse" en inglés.

—¡Qué maravillosas palabras! La vida está llena de sorpresas. Nuestros caminos se cruzan de las formas más inesperadas. Todo es tan misterioso.

—Pero, Chicho, ¿por qué Avik tuvo que morirse? Él era un niño bueno.

—Nadie puede contestar esa pregunta, mi niña. Algunos de nosotros venimos aquí como estrellas fugaces, para brillar intensamente solo por el momento más breve, y otros venimos y nos quedamos más de la cuenta, viviendo hasta una edad avanzada y olvidándonos hasta de nuestros propios nombres.

Ya no quiero estar triste. Cojo el pincel y las pinturas.

—Está bien, ¿qué debo pintar, Chicho?

—Tengo una idea, mi niña. ¿Me dibujarías un retrato de Avik? Verás, yo tengo un altar en mi apartamento. Es una tradición mexicana tener un altar con flores y velas y fotografías de tus antepasados y de personas que han muerto cuyas almas necesitan encontrar paz y tranquilidad. Dibújame un retrato de Avik y lo agregaré a mi altar. Le dedicaré una veladora especial a él, a Avik, el niño que vivía en mi casa antes de que yo llegara, y también le quemaré incienso de sándalo. De esa manera nunca lo olvidaremos.

—Chicho, te voy a dibujar un retrato de Avik ahora mismo.

Pongo el papel en el caballete y empiezo a trabajar. No toma mucho tiempo que Avik aparezca, con sus grandes ojos marrones, agarrando el elefante de cuerda con ambas manos, para que no se le pierda. Miro el dibujo por un momento antes de pasárselo a Chicho y me doy cuenta de que falta una cosa. Avik necesita alas. Así que le doy un par. De esa forma podrá volar todo lo que quiera en el cielo.

Frida, el ángel de la guarda de los artistas heridos

Ahora pinto todos los días.

Me dibujo enyesada en la cama. Dibujo el yeso distinto en cada imagen. Soy una momia egipcia en un dibujo. En otro, me dibujo una cola de pez como una sirena. Dibujo un cuadro en el que Mami está a mi lado con el orinal. Dibujo uno con Izzie comiendo galletas con chispas de chocolate mientras las lágrimas corren por mi rostro. Dibujo uno con Papi cargándome después del accidente, mi pierna rota colgando y el Oldsmobile incendiándose detrás de nosotros. Hay un dibujo de Baba sentada junto a mi cama cantándome y, en ese, estoy sonriendo. Incluso hago un dibujo de Zeide sosteniendo una botella de jugo de ciruela como si fuera un trofeo (desde entonces, me bebo un poquito de jugo de ciruela todas las mañanas, y Zeide tenía razón, sabe muy bien una vez que te acostumbras).

Le hago un cuadro de bienvenida a Joy cuando terminan las vacaciones de verano. La pinto con sus pantalones acampanados, una blusa de mangas abullonadas con un halo de flores y un signo de la paz rosado en las manos.

—¡Gracias, gracias, Ruthie! —exclama—. Es el retrato más hermoso que nadie me haya hecho jamás.

—Me alegra que te guste, Joy. Es para ti.

—Lo atesoraré, Ruthie.

De nuevo me siento muy agradecida de tener a Joy como mi maestra. Pero entonces no puedo evitarlo, de repente siento que quiero llorar.

—Eres la mejor maestra del mundo. Pero, Joy, no sé…

—¿Qué te pasa, Ruthie?

—Es un año escolar completamente nuevo y extraño mucho ir a la escuela. Extraño no estar con otros niños. ¿Cómo voy a ponerme al día con todos?

—Oh, cariño, sé que es difícil no estar en la escuela, pero créeme, un día estarás bien y entonces volverás a ser una niña común y corriente.

—Pero se me ha olvidado cómo ser una niña normal. No sé lo que es ser libre para poder caminar a la escuela y jugar afuera. Ahora soy como una tortuga, atrapada en su caparazón.

—No te preocupes —dice Joy—. Una pierna no se queda rota para siempre. Todo llegará de forma natural tan pronto como te recuperes.

—Espero que eso sea verdad —le digo a Joy—. Ojalá yo fuera tan valiente como mi abuela, mi baba. Ella tuvo que dejar todo atrás, tomó un barco y cruzó el océano sola. Baba llegó a Cuba y conoció a mi abuelo, mi zeide, y trabajaron para mandar a buscar a toda la familia antes de que Hitler pudiera hacerles daño. ¿No es asombroso?

—Sí, Ruthie. ¡Muy impresionante! Tu abuela se habría llevado bien con Emma Lazarus. Ella también fue una mujer muy valiente.

—¿Quién es ella?

—Emma Lazarus fue una poeta. Escribió un poema que está grabado en la Estatua de la Libertad que dice: "Dame tus cansados, tus pobres, tus masas amontonadas anhelando respirar libremente".

Joy me cuenta que Emma Lazarus provenía de una familia judía, y que sus antepasados eran inmigrantes de muchos lugares, y que ellos también perdieron países más de una vez, como en mi familia.

—Tal vez porque su familia se mudaba mucho, Emma Lazarus luchó por los derechos de los inmigrantes. También luchó por la libertad de culto aunque ella misma no era religiosa. Ella sentía que Dios estaba en esta tierra donde vivimos, en los árboles que nos dan sombra, en la bondad de nuestros corazones.

—Entonces, Joy, ¿está bien que, aunque sea judía, a veces les rece a otros dioses? —le pregunto.

—Está bien, Ruthie. Aquí en los Estados Unidos tenemos libertad de creencia. Y libertad de expresión también.

—Yo sé. Mi papá se la pasa diciendo que este es un país glorioso porque es un país libre.

—Y debemos seguir trabajando para asegurarnos de que sea siempre así, de que permanezca como un país libre para todos. Pero la libertad puede significar muchas cosas diferentes para distintas personas. Esa es tu tarea: quiero que pienses en lo que significa la libertad para ti, Ruthie, y entonces, en nuestra próxima clase, tendremos un debate para que puedas considerar todos los argumentos y por qué son importantes.

Me encanta que Joy me hable como si yo fuera una adulta. A veces es abrumador, pero ella me hace pensar en cosas importantes en las que nunca pensaría, y por eso no me siento tan mal por estar atrapada en la cama y no poder ir a la escuela como el resto de los niños.

Chicho también me hace pensar en grande, tener pensamientos interesantes. Todas las noches, después del trabajo, me visita y mira los cuadros que he pintado.

—Este está bien. Y este también. ¡Y este, qué hermoso!

—Chicho, ¿hay algún dibujo que no te guste?

—¿Qué puedo hacer? ¡Los adoro! —dice—. Me recuerdas a una gran artista mexicana. Como tú, estuvo en cama mucho tiempo y no podía caminar. Siempre tenía dolor, pero no se convirtió en su dolor. Aun así, pintaba. Su nombre era Frida Kahlo.

Me muestra unas fotos en una revista mexicana. Frida Kahlo tiene las cejas negras y espesas y unos ojos que pueden ver lo que tienes dentro del corazón.

—Frida se convirtió en el tema de sus cuadros. Pintaba autorretratos.

Una imagen muestra una columna que va desde la barbilla de Frida hasta su cintura. La columna está rota y reposa sobre un río de sangre. Tiene correas blancas que le rodean el vientre y la sujetan por encima y por debajo del pecho. Esa es la cinta adhesiva que la mantiene unida y evita que se caiga en pedazos.

—A Frida se le rompió la espalda en un accidente de autobús —me explica Chicho—. Antes de eso, le dio polio. Su pierna derecha era más corta que la izquierda. Usaba faldas largas para cubrirse. Con el tiempo, tuvieron que amputarle la pierna derecha.

—¿Amputar? ¿Qué significa eso, Chicho?

—La pierna se le infectó. Los médicos tuvieron que cortársela para salvarle la vida.

No puedo evitar jadear cuando dice eso. Le digo a Chicho: "Espero que el doctor no tenga que cortarme la pierna".

Él me tranquiliza: "No te preocupes, mi cielo, estarás bien. Frida vivió en México hace mucho tiempo. Estamos en los Estados Unidos. La medicina está muy avanzada aquí".

Yo sé que dice eso para hacerme sentir mejor. Pero podría llegar a ser como Frida, con una pierna más corta que la otra. Tal vez yo también pierda la pierna y use faldas largas. Pero seguiré pintando…

¿Eso me hará feliz?

De repente cambio de opinión sobre querer ser como Frida. Aparto la pila de cuadros que le acabo de mostrar a Chicho.

—¿Qué ocurre? —pregunta.

—Chicho, yo quiero ser artista, pero también quiero ser una niña normal. Quiero correr, jugar e ir al baño sola.

—Lo sé, mi cielo. No te desesperes. Hay más tiempo que vida.

—¿Qué significa eso? No entiendo.

—Tienes que ser paciente. Tu tiempo llegará. Mientras tanto, sigue pintando y dibujando. Frida te está mirando desde el cielo y está feliz de que estés dibujando en la cama, como ella solía hacer. Ella quiere que te mejores. Sabe que también eres luchona. Siempre que te sientas triste, recuerda que no estás sola. Frida está ahí para ayudarte. Frida es el ángel de la guarda de todos los artistas heridos y siempre estará contigo.

Querida Frida,

Eres un ángel de la guarda muy especial para mí. Te agradezco por haberle mostrado al mundo que puedes ser una gran artista incluso cuando no puedes levantarte de la cama.

Por favor, cúrame. Sáname las piernas. Y te prometo que seguiré pintando toda la vida.

Y si no puedes curarme, seguiré pintando de todos modos. ¡Me encanta pintar!

Pero trata de curarme. ¿Está bien, Frida? No solo por mí, sino para que mi madre, tan bella que es, pueda salir y pasear con sus tacones altos y ser admirada por todos.

Gracias,
Ruthie

aplausos, aplausos

Para Halloween, el Día de las Brujas, Izzie es un pirata con un parche negro sobre un ojo. Dennis lleva un traje de marinero. Lily es una gitana que lleva una falda ancha multicolor y, de aretes, unas grandes argollas que le tomó prestadas a tía Sylvia.

¡Me da tanta envidia! Si tan solo pudiera ir. Ni siquiera tengo que disfrazarme. Ya estoy disfrazada. ¡Soy una momia con un yeso pintado!

Justo antes de irse, Izzie anuncia: "Vamos a pedir dulces, *trick-or-treat*, en todos los edificios de esta calle. Vamos a conseguir tantos ¡que nos van a durar meses! ¡Años quizás!".

—Fantástico, Izzie —digo, tratando de no sonar demasiado amargada.

Él me mira con sentimiento de culpa. "Lo siento, Roofie". Luego se ilumina, como lo hace cuando se le ocurre una idea. "Espera, ¡ya sé lo que voy a hacer! ¡Voy a pedir *trick-or-treat* por ti!".

—¿Cómo? —pregunto.

Sale corriendo como un bólido de la habitación y regresa con otra funda de papel de estraza.

—Aquí tienes, Ruthie. Escribe tu nombre y esta será para tus dulces y caramelos.

Hago lo que Izzie me pide, pero me entristece aún más pensar que ahora soy un fantasma, una niña ausente, nada más que un cartucho con mi nombre.

Dos horas más tarde, Izzie regresa con su bolsa rebosada de dulces. Pero la mía solo está llena hasta la mitad.

Izzie pisotea fuerte, con rabia. "La gente pensaba que estaba mintiendo para que me dieran más dulces! Yo les decía: '¿Quieren ir a ver a mi hermana? Ella está en cama con un yeso corporal'. Pero ellos solo se reían y decían: 'Sí, claro, llévame a verla'".

Pobre Izzie. Está intentando ser bueno.

Tomo un caramelo y le digo que puede quedarse con el resto de mis dulces. De todos modos, sé que Mami no me dejará comerlos.

—¿En serio? —pregunta. Sus ojos se iluminan.

—Claro. Son todos tuyos.

Viene al lado de mi cama y me da un besito en el cachete. "Gracias, Roofie. ¡Eres la mejor hermana!". Hurga entre los dulces, disfrutando de su recompensa adicional, pero luego se desanima y dice: "Roofie, si me como tus dulces, toda esa gente que pensaba que yo era un mentiroso, que solo fingía que pedía para ti, tendrá la razón. Yo no quiero ser un delincuente.

—¡Pero estabas pidiendo para mí, eso no es mentira! —digo—. Y ahora te estoy dando los dulces.

—No, qué va, Roofie. Si me quedo con tus dulces, seré el niño malvado que ellos creen que soy.

—¿Por qué no regalas los dulces si no los quieres?

—¡Está bien! ¿Pero a quién se los doy?

—Ya sé. Mañana, cuando vayas a la escuela, dales los dulces a los niños de la clase de los tontos. Y salúdalos de mi parte.

—Eso haré, Roofie. Es una gran idea. Apuesto a que se pondrán muy contentos.

Le sonrío con orgullo: "Izzie, en verdad eres un niño muy bueno".

—Más o menos—murmura, un tanto inseguro de sí mismo—. No sé. Mami siempre me está regañando.

—Vamos, lo eres —le aplaudo—. ¡Bravo, Izzie! ¡Hurra!

—Ssshhh, Roofie. No me lo merezco.

Su cerquillo todavía está torcido, pero mi hermanito está creciendo.

Me comí un solo caramelo de la bolsa de Halloween, pero no puedo dejar de preocuparme por la posibilidad de explotar el yeso corporal. Pienso en algunos ejercicios para hacer a pesar de que estoy metida en esta bobería.

Puedo mover la cabeza hacia la izquierda y hacia la derecha mientras descansa en mi almohada.

Puedo levantar los hombros hacia arriba y hacia abajo.

Puedo golpear el aire con mis puños.

Puedo aplaudir.

Mami me oye aplaudir y viene corriendo, pensando que quiero algo.

—Lo siento, Mami, no te estaba llamando. Solo hago un poco de ejercicio.

—¿Te importaría no aplaudir a menos que me necesites?

—Claro, Mami, claro.

Por la noche, cuando Papi está de vuelta y él, Mami e Izzie han terminado de cenar, me olvido y empiezo a aplaudir de nuevo.

Papi entra y dice: "¡Oí por ahí que esta es tu nueva rutina de ejercicios! ¿Qué tal si te enseño a aplaudir al ritmo del chachachá?

—Me acuerdo un poco. ¿Cómo es que va de nuevo?

—Es un ritmo bárbaro: uno, dos... d-e-s-p-a-c-i-o... y luego chachachá muy rápido. Tu mamá y yo solíamos bailar chachachá todo el tiempo en Cuba.

—¿Me muestras cómo bailaban? —pregunto.

Me mira con lástima. "Esperemos hasta que estés mejor".

—Pero yo quiero verte bailar —le digo—. Por favor.

—Ven, Rebeca —llama a mi mamá—. Vamos a mostrarle a Ruti el chachachá.

Ella y Papi se ven tan felices cantando juntos: "*Chacha-chá, qué rico chachachá*", y bailan en el pasillo. Me gusta cómo mueven los pies.

Finalmente terminan. Están sudados y riendo.

—Eso fue muy divertido —Mami le dice a Papi.

Papi carga a Mami y la levanta en el aire. Su falda larga se abre como una sombrilla de playa. "Mi cielo, eres tan buen bailarín como lo eras en Cuba".

Aplaudo en su honor. Son tan bellos cuando Papi no está molesto y Mami no está triste ni aburrida.

¡Aplausos, aplausos!

deseo de cumpleaños

Sigo deseando ser feliz, pero hay días en que la tristeza llega y se sienta sobre mi cabeza. Se acomoda y se queda ahí. Como una nube oscura que no termina de irse.

Eso es lo que pasa en este frío día de noviembre, que está tan lluvioso que se siente que fuera de noche en medio de la tarde. Y hoy no es un día cualquiera. ¡Hoy es mi cumpleaños! Eso debería hacerme feliz. Va a venir mucha gente y vamos a tener una gran fiesta. ¡Para mí! ¡Por mi cumpleaños! ¡Voy a cumplir once años! ¡Una década enterita más un año de estar viva en el planeta Tierra!

Pero esa nube oscura está sentada sobre mi cabeza. ¡Aléjate! ¡Vete! ¡Vete!

Mami entra y se lleva el orinal. Luego regresa con agua limpia, jabón y una palangana. Me lavo las manos y le digo: "¿Por qué me diste a luz en noviembre? Es una época del año tan gris".

—En Cuba es bueno nacer en noviembre —responde—. En esa época del año, no hay tantos huracanes. Las brisas suelen ser suaves para entonces, como una caricia.

—Mami, ¿tú extrañas Cuba todo el tiempo?

—No todo el tiempo —dice—. ¿Y tú, Ruti? ¿La echas de menos o te has olvidado de nuestra isla?

—Yo extraño Cuba, Mami. También pienso en Caro. Era una niñera tan buena. Recuerdo cuando me llevó a su ciudad natal, en el campo, y la ayudé a recolectar los huevos que acababan de poner las gallinas. Y recuerdo que fue al aeropuerto a despedirse de nosotros cuando salimos de Cuba. ¿Tú crees que todavía se acuerde de nosotros?

—No te preocupes, mi niña, que ella nos recuerda muy bien a todos. Yo le he estado escribiendo a Caro desde que llegamos aquí.

—¿En serio?

—Por supuesto, mi niña. Las cartas tardan mucho en ir y venir, pero Caro sabe todo acerca de tu pierna rota. Ella ha ido al Rincón, la iglesia de San Lázaro, a rezar por ti, para que puedas volver a caminar. San Lázaro es un santo poderoso. En Cuba, también lo llamamos por su nombre africano, Babalú Ayé. Él ayuda a las personas que padecen enfermedades y dolencias en las piernas.

—Pero, Mami, ¿y eso me va a ayudar, aunque seamos judíos?

—Mi niña, sí. Creo que debemos aceptar todas las acciones que se lleven a cabo de buena fe y con amor.

—Sí, Mami, yo también lo creo —le digo. Toco mi cadena de Shiva bailarín y recuerdo la bondad de Ramu.

Escojo una de mis pinturas favoritas para enviársela a Caro: una pintura de Mami y Papi bailando el chachachá. En la parte de atrás escribo: "Te quiero, Caro".

Entonces Mami escribe la dirección en un sobre y la veo escribir las palabras "La Habana, Cuba" en letras grandes.

Cuando pone su bolígrafo sobre la mesita de noche, Mami se ve triste de nuevo. Por suerte, en ese momento, alguien toca la puerta y es Chicho.

—Llegas temprano —oigo que Mami le dice—. La fiesta de Ruti es esta noche.

—Vine temprano para decorar la habitación de Ruti. Este es Mark. Vino a echarme una mano.

—¡Entren, entren! ¡Ruti se pondrá tan contenta! —dice Mami, animándose. A ella le encantan las fiestas y ha pasado mucho tiempo desde la última vez que hicimos una.

Mark tiene un brillo especial en los ojos, como Chicho, pero es dos veces más alto. Era jugador de fútbol cuando estaba en la universidad. Ahora es enfermero en un hospital.

—Yo no sabía que los hombres podían ser enfermeros —digo.

—No somos muchos —responde Mark—. Pero aquí estoy.

—¿Quieres globos rosados y rojos? —pregunta Chicho.

—¡Sí! ¡Sí!

Chicho y Mark enhebran los globos y Mark los cuelga del techo.

—¿Y qué tal claveles rosados y rojos?

—*Yes!* ¡Sí!

Colocan los claveles rosados y rojos alrededor de mi cama.

Entonces Chicho me pone una tiara en la cabeza, la primera que tengo, con cristales brillantes.

—¡Oficialmente te proclamamos la reina del cumpleaños! —dice Chicho.

—¡La reina de Queens! —agrega Mark.

Estoy feliz de nuevo. La tiara ha espantado la nube oscura.

* * *

Para cuando llegan todos los invitados, Mami ha preparado un banquete. Prepara croquetas cubanas con pollo en vez de cerdo, ya que no lo comemos. También hace sus famosos enrolladitos, rollitos de pan rellenos con una mezcla de atún, salsa de tomate y queso crema, con una aceituna en el centro. Hornea sus pastelitos de guayaba, el relleno es pegajoso y dulce. Y, por último, pero no menos importante, hace mi pastel de chocolate favorito, decorado con M&M's.

La habitación se llena de gente comiendo, hablando y riendo. ¡Qué multitud!

Baba y Zeide, tío Bill y tía Sylvia, Dennis y Lily, todos vienen, por supuesto.

Abuela y Abuelo, mis otros abuelos, que son la mamá y el papá de Papi, hacen el largo viaje en taxi desde Canarsie. Ellos viven cerca de unos viejos amigos de Cuba y no hablan inglés ni yiddish como Baba y Zeide. Son turcos y hablan un hermoso español antiguo de España, porque de ahí es de donde vino la familia de Papi hace mucho tiempo. Casi nunca vemos a Abuela y a Abuelo porque todavía no se sienten en sus aguas en los Estados Unidos y tienen miedo de perderse si se alejan demasiado de Canarsie. Pero hoy vinieron por mi cumpleaños y, para animarme, traen a Coqueta y al Flaquito en su jaula, sus dos pájaros cantores amarillos para que nos canten en la fiesta.

—Para alegrar la casa —dice Abuela con su voz alegre, pronunciando la "s" de casa como una "sh".

—¡Gracias, Abuela! —le digo.

Y responde: "Rutica, Rutica, Rutica", que es como me llama en ese español tan antiguo y tan bonito.

Gladys, Oscar y la bebecita Rosa, que ya camina, han venido de Staten Island. Ojalá Gladys no me mirara con tanta lástima. Se siente culpable de que el accidente sucediera después de que fuimos a visitarlos.

También vienen los amigos más cercanos de Mami y Papi de El Grupo. Llegan todos a la misma vez y gritan "Hola" y dan besos tan fuertes en las mejillas que puedo escucharlos desde mi cuarto. Como nosotros, ellos son cubanos y judíos: bailan el chachachá y comen matzá en la

Pascua judía. Ahí están la bonita y bajita Mimi, su esposo Bernardo (mucho mayor que ella) y sus hijos, Amaryllis y Abie, que van a yeshivá (una escuela judía) y se saben todas las oraciones hebreas. Dorita, con un elegante traje de pantalón blanco, y Natan, que es muy inteligente y es arquitecto, vinieron con sus hijos, Beby y Freddy. Los cuatro están bronceados después de un fin de semana en Miami Beach. Y está Hilda, a quien siempre le preocupa que a Imre le vayan a robar porque vende anillos de diamantes en la calle 47, y sus hijos, Eva y Ezra, que son demasiado tímidos para hablar.

Los niños juegan a las cartas en el suelo y comen papas fritas hasta que se aburren. Luego comienzan a corretear por el apartamento, halando los globos y compitiendo para ver quién puede explotar más. En cinco minutos, han reventado todos y cada uno de ellos.

Entonces es hora de que yo sople las velitas de mi pastel de cumpleaños. Todos cantan "Feliz cumpleaños" en español e inglés. Los pájaros cantores de Abuela y Abuelo, Coqueta y el Flaquito, también cantan, felices de estar juntos en su jaula.

Finalmente, todos gritan: "¡Pide un deseo!".

Pero, ¿qué debería desear? Deseo, deseo, deseo... ¿que me pueda parar en mis dos pies y caminar de nuevo?

Izzie vocea: "¡Apúrate, Roofie! ¡Apaga las velas antes de que el pastel se derrita!".

Respiro profundo y ante mis ojos aparece la imagen de los cinco jóvenes que murieron en el accidente. Los muchachitos, como los llamaba Papi. Ellos nunca celebrarán otro cumpleaños. Están muertos.

Estoy llena de tristeza por ellos.

En el último minuto cambio mi deseo: todo lo que quiero es estar viva el año que viene.

Estar viva es el mejor regalo de todos.

Gracias, vida.

por favor, cuida a estos muchachitos en el otro mundo

Todas las noches pienso en los muchachitos muertos. Los días pasan, las semanas pasan y es diciembre. Los imagino en sus tumbas frías, llamando a sus mamás y a sus papás, diciéndoles: "¡No se olviden de nuestros cumpleaños! Celebren por nosotros. Coman pastel por nosotros". El chico que provocó el accidente no pide que lo recuerden. Inclina la cabeza y dice: "Olvídenme, olvídenme".

Pinto muchos cuadros de los cinco chicos. Uso pintura marrón y gris. Son los cuadros más sombríos que he pintado; los rostros de los muchachitos todos borrosos y fantasmales.

Chicho parece preocupado cuando ve mis cuadros.

—¿Te sientes bien, Ruti? —pregunta, mirándome directamente a los ojos.

—Estoy bien —susurro.

Pero no me cree.

—Yo sé lo que necesitas: una nueva perspectiva. Démosle la vuelta a la cama para que puedas ver lo que hay al otro lado.

Cuando le cuenta a Mami lo que va a hacer, ella se enoja y le dice que el doctor les dijo a ella y a Papi que no me movieran. Chicho le dice que no me va a mover, que solo moverá la cama. "Pero la cama pesa mucho", dice Mami, luciendo preocupada. Chicho le dice que Mark es fuerte y entre los dos pueden moverla.

Mark se acerca, y entre él y Chicho levantan la cama y le dan la vuelta.

¡De repente puedo ver por la ventana! ¡Ver cómo cae la nieve! ¡Ver el sol brillar! ¡Ver la noche que se acerca!

Mi espíritu se eleva, ligero como una pluma, al ancho cielo.

Chicho me viene a ver al día siguiente. Mi cama es un gran lío de pinturas, hojas de papel y pinceles.

Le muestro a Chicho mis nuevos cuadros, encendidos con colores brillantes. Un campo de hierba verde salpicado de dientes de león amarillos. Un velero flotando en el transparente mar azul. Una enorme mariposa batiendo las alas rosadas y moradas.

Sus ojos brillan.

—¿Te sientes mejor? —pregunta.

—Mucho mejor.

—Verás, la vida se trata de poner las cosas en perspectiva —me dice.

Antes, no sabía nada acerca de las perspectivas. Ahora sé que pueden cambiar la forma en que vemos el mundo entero.

También he aprendido que puedo sentir dos sentimientos muy distintos al mismo tiempo. Sigo triste por la muerte de los muchachitos, muy triste. Pero estoy feliz, muy feliz de poder mirar por la ventana y ver toda la belleza que todavía sigue ahí, esperándome.

* * *

A la mañana siguiente, cuando Mami me trae el orinal, le digo: "Quiero ver el periódico que tenía tío Bill, donde hablaban del accidente".

—¿Pero para qué, mi niña? Dejemos eso en el pasado.

—Lo necesito, Mami. Necesito aprenderme los nombres de los chicos que se murieron.

—Está bien, te lo voy a traer. Pero no quiero que te pongas triste otra vez.

—No me voy a poner triste, Mami. Creo que la piedra en mi corazón se está disolviendo.

En el periódico, aparecen los nombres de los muchachos —Jack, Johnny, Andy, Stuart— y el del chico que conducía y causó el accidente. Su nombre era Eddy.

—Mami, dime una cosa, ¿tío Bill nos consiguió por fin un abogado para que pudiéramos demandar a las familias de estos muchachos que causaron el accidente?

—¿Y tú cómo sabes eso, mi niña?

—Papi me lo dijo.

—Bueno, si Papi te lo dijo, entonces yo puedo contarte el resto de la historia. Sí, tu tío Bill llamó a un abogado y el abogado dijo que teníamos un caso sólido. Pero Papi decidió no hacer nada. Nos sentimos muy mal porque todos esos muchachitos están muertos. Sus familias están sufriendo. ¿Para qué castigarlos todavía más? Papi dijo que prefería trabajar duro y pagar las deudas.

—Oh, Mami, ¡qué alegría me da! Así mismo me siento yo también.

—Muy bien, mi niña, eso está muy bien.

Querido Dios, querido Shiva y querida Frida:

Como pueden ver, no soy muy buena para rezar. No lo he hecho en mucho tiempo. Pero hoy quiero rezarles a los tres.

Quiero decir que siento mucho haber odiado a los muchachos que causaron el accidente. Sus nombres son Jack, Johnny, Andy, Stuart y Eddy. Ya los odié por demasiado tiempo. Esos chicos cometieron un error que les costó la vida y eso es muy triste.

Cuiden a estos muchachitos en el otro mundo. Eddy, en especial, necesita sentir algo de amor. Él era quien conducía el carro cuando se suponía que no debía hacerlo. Él fue quien causó el accidente. No cree que merezca la bondad de nadie. Quiere desaparecer y que nunca lo vuelvan a encontrar.

Pero yo lo perdono. Así que, por favor, si pueden,
ayúdenlo.

Ayuden a Eddy a descansar en paz.

Gracias,
Ruthie

una rosa blanca en julio
como en enero

—Bueno, Ruthie, probablemente ya te sepas todos los libros de Nancy Drew de memoria —me dice Joy, riendo. Cuando se ríe, sus aretes colgantes tintinean y se ve tan bonita que me hace feliz.

Es nuestro último día de clases antes de las vacaciones y contemplamos nuestros panecillos ingleses.

—Te traje algunos libros nuevos —dice—. Aquí tienes un poemario de una mujer que nunca salió de su casa. Su nombre era Emily Dickinson. Escondía sus poemas debajo de la cama, con temor de que no fueran lo suficientemente buenos. No te preocupes si no puedes comprenderlos todos. Disfruta la musicalidad de sus palabras.

—Está bien, lo intentaré.

Joy continúa con entusiasmo: "Y ya que sabes español, me gustaría que leyeras estos poemas de José Martí. Él fue el gran líder independentista de Cuba".

—Joy, yo sé quién fue José Martí. En la escuela, en Cuba, teníamos que memorizarnos su poema sobre la rosa blanca.

Todavía me acuerdo cómo empieza: *Cultivo una rosa blanca en julio como en enero para el amigo sincero...*

—Muy bien, Ruthie —dice—. ¿Cómo dirías eso en inglés?

—*I have a white rose to tend... in July or January... I give it to my true friend* —le digo a Joy—. Se me olvidó cómo sigue, pero recuerdo que habla de un amigo cruel que le rompe el corazón y como él le va a dar a ese amigo una rosa blanca también.

—Guao, ¡eso es tan, tan, tan, tan asombroso! —Joy responde. Y sus aretes tintinean de nuevo.

—Ojalá yo pudiera ser tan buena y clemente como José Martí quiere que seamos.

—Solo tenemos que seguir intentándolo, Ruthie. Eso es todo lo que podemos hacer. ¿Y sabes una cosa? ¡Eres una traductora increíble!

—Yo le traducía a mi mamá cuando hacíamos las compras. Ahora ya no puedo.

—¿Qué tal si lees las traducciones al inglés de estos poemas de José Martí y luego me dices si crees que capturan el espíritu del poema original en español? Esta es una edición bilingüe, español en un lado e inglés en el otro. ¿No está hermoso? Y aquí tienes un diccionario español-inglés, en caso de que lo necesites.

—Gracias, Joy. Va a ser una tarea muy divertida. A mí me pusieron en la clase de los tontos porque no podía hablar inglés. ¡Pero ahora puedo hablar tanto inglés como español!

—Eres muy afortunada por saber dos idiomas. No todo el mundo tiene ese don. —Ella sonríe y, con entusiasmo, saca otro libro de su bolso—. Y creo que este es otro libro que también te encantará. Se llama *Alicia en el país de las maravillas* y verás mucho de ti misma en Alicia y mucho de Alicia en ti. En cierto modo, tú también estás en un viaje hacia un misterioso país de las maravillas, aunque no te hayas parado de la cama.

—¡Los leeré todos! ¡Muchas gracias, Joy!

—Es un placer —dice Joy—. ¡Estás haciendo un trabajo maravilloso con todas tus lecturas! Apuesto a que estás, por lo menos, en el décimo nivel en cuanto a lectura. Estoy muy impresionada con tu progreso. No has perdido el tiempo a pesar de estar postrada en cama.

Luego coloca todos los libros a mi lado, con mucho cuidado, como si me estuviera confiando preciosos rubíes. Ahora los libros me hacen compañía como antes lo hacía mi muñeca de trapo cubana.

¡Me encanta que Joy me esté ayudando a ser más inteligente!

—Joy, te voy a extrañar durante las vacaciones.

—Y yo también te echaré de menos, Ruthie. Antes de que terminemos la clase de hoy, ¿qué dices si vemos qué noticias hay en el *New York Times*?

—Está bien, pero ¿ese periódico no es demasiado difícil para que los niños lo comprendan?

—Yo creo que tú puedes defenderte. Traje el periódico de hoy y uno que guardé para que lo veamos. Pero primero déjame mostrarte cómo sostener un periódico. Puede ser un poco difícil de manejar.

—Si es difícil de manejar cuando estás sentada, estoy segura de que será muy fácil si estás acostada boca arriba —digo.

—Oh, Ruthie, tienes un sentido del humor tan irónico. —Extiende el periódico a lo largo y lo dobla en tercios—. ¿Viste lo que hice? Si lo doblas así, puedes seguir una historia que comienza en la página principal y termina en una página interior. ¿Te gustaría intentarlo?

—Claro.

Soy un poco torpe al principio, pero después de un tiempo se me hace más fácil, aunque termino con los dedos llenos de tinta tras leer algunas noticias.

Luego me pasa el periódico que había guardado del 6 de agosto de 1966 y me dice: "Hay un artículo sobre el doctor Martin Luther King que creo que deberías leer. ¿Sabes por qué está luchando?".

—Sí, lo sé. Él piensa que los blancos y los negros deberían ser iguales y poder vivir en los mismos barrios e ir a las mismas escuelas.

—Y yo estoy de acuerdo con él, Ruthie.

Joy baja la voz, como si tuviera miedo de hablar en voz alta, a pesar de que las únicas personas en la casa, además de ella, somos Mami y yo.

—¿Por qué estás hablando bajito, Joy?

—Porque mucha gente blanca no piensa como yo. Y no se supone que deba compartir mis opiniones personales con mis alumnos. Podría meterme en problemas.

Leí que el doctor King fue a Chicago para protestar en barrios segregados y fue atacado por una turba de blancos enojados que le lanzaron piedras. Algunas personas llevaban capuchas estilo nazi. Yo sé que este es un país libre, pero ¿eso está bien? Tengo tantas ideas dándome vueltas en la cabeza que me siento un poco mareada.

Pienso en lo terrible que es odiar tanto. Lo sé, porque solía odiar a los muchachos que causaron el accidente automovilístico.

Cuando dejé de odiarlos fue como si hubiera salido de abajo de una nube oscura y viera la luz del sol de nuevo.

—Mi abuela tuvo que irse de Polonia porque la gente la odiaba por ser judía —le digo a Joy—. Y un montón de gente aquí trata a Mami como si fuera estúpida solo porque no habla inglés. ¿Cómo puede la gente ser tan mala?

—No sé la respuesta —dice Joy—. Ojalá la supiera. Pero estoy agradecida por la gran cantidad de gente buena que también hay, como el doctor King, que está tratando de enseñarnos a aceptarnos unos a otros, para que todos podamos vivir juntos en armonía.

—O como José Martí, que le daría una rosa blanca a su amigo y a su enemigo.

—Bravo, Ruthie, bravo —responde. Entonces ella, que tiene un nombre tan feliz (su nombre significa alegría), me habla con voz desalentadora: "Pero, Ruthie, tengo que admitir que el mundo puede ser un lugar aterrador a veces".

Y de repente, la maestra que pensé que era invencible, luce como si quisiera que alguien le dijera "tranquila, tranquila", así como a menudo necesito que alguien me diga a mí.

Parte IV

DESCANSANDO EN LA PUNTA DE UNA ESTRELLA

una sandalia dorada de lamé

Cuando me despierto el miércoles 21 de diciembre, me alegro de que este año prácticamente haya terminado y de que casi sea la hora de arrancar la hoja del último mes del calendario.

También es el día en que veré al doctor Friendlich y espero que finalmente me quite el yeso, pero también tengo miedo.

Me he acostumbrado a que el yeso me mantenga unida y tengo miedo de desmoronarme cuando me lo quiten. Ha pasado tanto tiempo que parece que nunca volveré a caminar.

Estoy descansando en la punta de una estrella, lejos de todo lo que sabía hacer antes de que se me rompiera la pierna. A veces me gustaría poder gritarle al mundo: "Dime, por favor, ¿por qué no me dices? ¿Sabes cómo sentirte completo después de haber estado roto?".

Mami va conmigo al hospital, vestida con la elegancia de siempre, sin nadie que la admire y le diga lo bonita que es, excepto yo.

Espero que Bobbie y Clay vengan a buscarme, pero llegan dos señores distintos.

Ellos no me dicen sus nombres y no les pregunto.

Solo estoy afuera por unos minutos. Hace mucho frío y eso me hace querer estar de vuelta en mi acogedora cama. Siento pena por los árboles desnudos que han perdido sus hojas y esperan que la primavera se las devuelva.

Entonces noto que sus ramas son tan finas como encaje. Recuerdo lo que me enseñó Chicho sobre las perspectivas y, de repente, el invierno me parece hermoso, una época para hibernar y esperar, así como yo he estado hibernando y esperando.

Al doctor Friendlich le hace gracia ver mi yeso pintado.

—¿Segura que quieres que te lo quite? —pregunta.

—Chicho, mi vecino, le tomó una foto con su cámara Polaroid —le digo.

—Oh, qué bien.

Él corta y yo miro, feliz y triste, cómo las flores, las mariposas y los pájaros caen al suelo.

Después de tomar la radiografía, el doctor Friendlich la observa durante mucho tiempo. Tratando de no parecer preocupado, pero luciendo preocupado, dice: "Se está curando…., pero no tan rápido como nos gustaría… Mmm… No nos arriesguemos. Voy a ponerte un yeso solo en la pierna derecha. Tu pierna izquierda estará libre, pero todavía no puedo ponerte un yeso para caminar. Tendrás que quedarte en cama. Dos meses, quizás. Si tenemos suerte...".

Observo cómo crea un yeso nuevo que va desde los dedos de los pies hasta la parte superior de mi muslo derecho.

—Aquí, Ruthie, siéntate —dice el doctor Friendlich—. Muy despacito. Tus músculos se han dormido, así que debes tratarlos con cariño.

Tengo la barriga y la espalda libres por primera vez en mucho tiempo. Pensé que me pondría feliz cuando me quitaran el yeso, pero, en cambio, me siento como una tortuga que ha perdido la mitad de su caparazón. Me acerco un poco a mi panza, halando la espalda hacia arriba, tratando de sentarme. Uso todas mis fuerzas. El doctor Friendlich me agarra para que no me caiga.

Me miro las piernas, una sin yeso y la otra enyesada. No reconozco mi pierna izquierda, mi pierna buena. Está toda velluda.

—¿Por qué estoy tan peluda? —le pregunto al doctor Friendlich.

Él sonríe: "Es el resultado de todo el calor corporal atrapado dentro del yeso. Y estás creciendo, ¡tan rápido como temía! Menos mal que te puse ese yeso de cuerpo entero".

Yo no sé qué tienen que ver el pelo que me brota de la pierna y que yo crezca, pero asiento con la cabeza como si lo supiera.

—Puedes mover la pierna izquierda todo lo que quieras. Recuerda, no está rota. Solo ha estado indispuesta por un tiempo. Los músculos tardarán un poco en volver a despertarse, pero lo harán. Y estarás tentada a levantarte de la cama. No intentes ponerte de pie. Todavía no estás lista. ¿Está claro, jovencita?

Me mira directamente a los ojos para asegurarse de que lo he entendido.

—Está bien, doctor.

No sé de qué está hablando el doctor Friendlich. He olvidado cómo ponerme de pie.

Tía Sylvia está mirando por la ventana cuando la ambulancia llega a nuestro edificio. Mientras los señores sacan mi camilla y espero a que me lleven a casa, Izzie viene corriendo a mi encuentro, junto con Dennis y Lily, y tía Sylvia los sigue.

Se amontonan a mi alrededor.

—¡Ya no tengo el yeso corporal! —les digo a todos—. Pero tengo que aprender a sentarme de nuevo, como una bebé grande. ¿No les parece ridículo?

—¡Yupiii! —grita Izzie—. ¡Ya casi has vuelto a la normalidad!

Él, Dennis y Lily saltan y saltan.

—Y entonces, ¿ya puede caminar? —tía Sylvia le pregunta en voz baja a Mami.

La voz de Mami suena triste cuando le dice a la Sylvia: "Todavía".

Tía Sylvia responde: "¿Hasta cuándo?".

Mami se encoge de hombros. Veo lágrimas en sus ojos. Estoy segura de que no son por mí. Son por ella. Ella tiene que seguir siendo mi madre, seguir cuidándome... a mí, a la hija que tiene una pierna peluda y otra pierna que quizás nunca sane.

Después de que subimos, los sombríos señores de la ambulancia me tiran en la cama como a un saco de papas.

Mami sale de la habitación y la escucho llorar en la cocina. La llamo: "Ven, mami, no llores sola".

Pero no me hace caso.

¿Seguiremos viviendo así toda la vida: yo siempre en la cama y Mami atrapada en la casa conmigo?

¡No, no, no! ¡Yo no puedo permitir eso! Tengo que sanarme. Voy a empezar ahora mismo moviendo los dedos del pie izquierdo. Como dijo el doctor Friendlich, mi pierna izquierda no está rota. Solo está dormida por haber estado en el yeso por tanto tiempo.

Los deditos están rígidos, pero después de un tiempo puedo moverlos. Poquito a poco empiezo a mover el pie. Giro el tobillo. Se siente como si estuviera levantando un ladrillo. Pero la pierna resucita.

—¡Mami, mira! ¡Mami!

Finalmente, Mami regresa, sus lágrimas secas, y me trae una manzana, cortada en finas rodajas.

—Aquí, mi niña, ¿quieres algo de comer? Siento que tuvieras que esperar.

—Mami, yo me voy a mejorar. Por favor, no te rindas. Mira, ya puedo mover el pie izquierdo.

—Ay, mi vida, ten cuidado.

—Está bien, Mami. De verdad. El doctor dijo que podía moverlo cuantas veces quisiera.

—Pero ten cuidado, ese pie estuvo enyesado por mucho tiempo.

—No te preocupes, Mami, tendré cuidado.

La tristeza en los ojos de Mami me entristece. Pero entonces, se me ocurre una gran idea.

—Mami, déjame ponerme uno de tus zapatos, el del pie izquierdo, por favor, solo para ver cómo se siente.

Por fin, Mami sonríe con una sonrisa de verdad: "Por supuesto, mi niña, por supuesto".

Se apresura al armario del pasillo y regresa con un montón de sus tacones y me deja elegir el que yo quiera. Selecciono sus sandalias doradas de lamé, que tienen una suela de plataforma gruesa y una correa de tobillo.

—Mami, pónmela en el pie izquierdo. Por favor.

Mi barriga y espalda están rígidas y adoloridas, por eso todavía no puedo alcanzarme el pie.

—Ahora, ponte la otra sandalia —le digo a Mami.

—¿Para qué? —pregunta.

—Por diversión —respondo.

Se pone la sandalia en el pie derecho y se para en un pie. Salta varias veces antes de perder el equilibrio y agarrarse del borde de la cama para no caerse.

—No es fácil caminar con un pie —dice Mami.

—Mami, quédate conmigo —le pido.

—Sí, mi niña —responde.

Ella viene y se acuesta a mi lado en la cama.

Con una sandalia de lamé dorada en mi pie izquierdo y una sandalia de lamé dorada en el pie derecho de Mami, somos una persona completa.

Querida Frida:

No me atrevo a decirle a Mami ni a Joy que no creo que quiera levantarme de la cama en algún momento. No puedo decir eso en voz alta. Van a pensar que estoy loca. Espero no estarlo.

¿Alguna vez te sentiste así, Frida? ¿Que una parte de ti quiere sanarse y volver a la normalidad y la otra quiere quedarse como está, tranquilamente en la cama, pintando tus cuadros, a salvo de toda la gente mala del mundo?

Por favor, si me entiendes, Frida, dame una señal.

En verdad, espero no estar loca.

Ruthie

mi máquina de escribir Royal

Después de unos días, puedo sentarme con facilidad en la cama.

Mi pierna izquierda ya se siente bien, como antes del accidente. No me gusta que tenga tanto vello, pero Mami dice que estoy demasiado pequeña para afeitarme. Ella todavía tiene que traerme las comidas en una bandeja, pero ahora puedo comer porciones normales. Incluso puedo sostener un plato en la rodilla izquierda. Me parezco un poco al dios Shiva de mi cadena, con mi pierna derecha inmóvil en el yeso y mi pierna izquierda libre. Pero todavía no bailo, eso es seguro. Y Mami todavía tiene que traerme el orinal. ¡Ambas estamos locas por que eso llegue a su final!

Para celebrar mi graduación a un yeso más chiquito, Papi dice que me va a conseguir una máquina de escribir.

—Tú eres tan inteligente, mi hija. Cuando crezcas, quiero que te conviertas en una secretaria. Siempre buscan chicas que escriban rápido y no cometan errores.

Viene a casa con una máquina de escribir Royal usada para que yo empiece.

—Pero, Papi, yo quiero ser artista, como Frida Kahlo, la de México —le digo.

—¿Una artista? Esa no es una buena profesión para una niña buena —dice, frunciendo el ceño.

—¿No te gustan mis cuadros?

—Yo sé que Chicho te ha estado animando. Pero los artistas nunca tienen dinero. Tú no quieres ser pobre, ¿verdad que no?

—¡Papi, eso fue lo que el papá de Chicho le dijo a él! Por eso, renunció a su sueño de convertirse en artista.

—¿Qué tal si aprendes a escribir en la máquina para que puedas mantenerte a ti misma? Te apuesto que puedes aprender a escribir cien palabras por minuto como las mejores secretarias.

Supongo que no me hará daño aprender. Papi me construye un atril de madera con patitas, así puedo poner la máquina encima y escribir en la cama. Me consigue un manual de mecanografía color naranja. Voy a hacer una lección al día. Cuando termine el libro, podré escribir con los ojos cerrados.

De una vez me memorizo la A-S-D-F con la mano izquierda y la ;-L-K-J con la mano derecha, y eso pone muy feliz a Papi. Sé lo duro que está trabajando para pagarle lo que le debemos al doctor Friendlich. Me siento mal porque perdió su Oldsmobile azul en el accidente. A él le gustaba tanto ese carro.

Quiero aprender a escribir cien palabras por minuto. Quizás Papi tenga razón. Debería renunciar a mi sueño de ser artista. Me voy a convertir en secretaria y ganaré un montón de dinero y se lo voy a dar a Papi para que pueda comprarse un carro nuevo.

Pero si hago eso, ¿estaré triste toda mi vida?

Querida Frida:
   ¿Me escuchas?
   ¡Di que sí!

Tu fiel,
Ruthie

Practico las lecciones en el manual de mecanografía naranja y al principio soy muy torpe, pero después de un tiempo empiezo a reconocer las teclas de memoria.

En casi nada, puedo cerrar los ojos y escribir las letras sin mirar las teclas.

Pero las lecciones se tornan cada vez más difíciles y, cuando tengo que mecanografiar una página entera, me da pereza y quiero rendirme.

Luego respiro profundo y sigo escribiendo.

Empiezo a pensar que esto de escribir a máquina realmente podría serme útil algún día ya que me gusta contar historias. Quién sabe, tal vez algún día pueda convertirme en escritora.

Mejor no se lo digo a Papi. ¡Ser artista y escritora le parecería una locura!

Una tarde, cuando Mami tiene que salir a hacer compras, Baba viene a quedarse conmigo.

—Té, ¿quieres? —pregunta.

Me río y respondo: "Sí, te quiero".

Es la broma favorita de Baba en español, un juego de palabras. Como "té" con tilde es lo que se toma y sin tilde es el pronombre que se usa para decir "te quiero", pero ambas palabras se pronuncian de la misma manera, cuando yo respondo "Sí, te quiero", estoy diciendo las dos cosas: ¡que la amo y que quiero té!

Baba prepara té Lipton para las dos. Se sienta a mi lado con una bandeja de té y un platito con sus galletas de azúcar. Ella llama a las galletas *kijeles*, en yiddish. Son galletas rompe-quijadas porque son duras hasta que las sumerges en té.

Mojamos nuestras galletas en el té caliente, se ablandan y saben deliciosas. Luego, Baba toma un terrón de azúcar, se lo lleva a la boca y le da un sorbo a su té para que así se vuelva dulce. Ni siquiera puedo llevarme la taza de té a la boca. Tengo que esperar hasta que se enfríe.

Mientras espero, digo: "Baba, ¿cómo conociste a Zeide?".

Toma otro sorbo de té a través del terrón de azúcar antes de responder. "¿Nunca te he contado esa historia?".

—No, Baba, no creo. Apuesto que fue amor a primera vista.

—No exactamente, *shayna maideleh*.

—¿Está bien si escribo tu historia a máquina? De esa forma puedo mejorar mi mecanografía.

—*Be my guest* —responde, y sonrío. Esa es su expresión favorita en inglés: "Adelante". Y continúa: "Así que desembarqué en La Habana y encontré una habitación en una pensión para señoritas judías. Lo único que podía costear eran sándwiches hechos de pan y plátano. Tan pronto como supe que necesitaban una vendedora en una tienda de telas en la parte vieja de la ciudad, fui corriendo. En la Habana Vieja las calles son de adoquines y llegué a la tienda sudando. El señor que necesitaba la vendedora era tu abuelo, tu zeide. Me preguntó si podía medir tela derecha y si sabía sumar y restar. Le dije que sí y me contrató en el acto. Trabajé duro ese primer día y el siguiente y el siguiente, y él me dio un aumento. De repente me vi con suficiente dinero para ir a almorzar al restaurante Moishe Pipik. Comí pescado gefilte y sopa de bolas de matzá y un estrúdel de manzana de postre, todas las comidas que extrañaba de casa. Después de dos semanas, pude comprarme un vestido nuevo. Y aún así estaba ahorrando dinero para mandar a buscar a mi familia de Polonia".

—Está bien, Baba, espera un minuto, estoy tratando de escribir todo lo que estás diciendo.

—Por supuesto, *shayna maideleh*. No tengo prisa. ¿Cómo puedes escribir a máquina tan rápido?

—Verás, Baba, estoy tratando de aprender a escribir cien palabras por minuto. —Y en voz baja le digo—: "Quiero ser artista. Y escritora. Pero no se lo digas a Papi. Él quiere que sea secretaria cuando sea grande".

—Tu secreto está a salvo conmigo —dice Baba, mojando otra galleta en el té.

—Gracias, Baba —le digo—. ¿Y entonces qué pasó?

—Bueno, seguí trabajando para el señor que un día se convertiría en tu zeide. Después de varios meses, me preguntó: "¿Quieres casarte conmigo?", así como así. Le respondí: "¿Me amas?". Y él contestó: "Por supuesto". Así que dije: "Sí". Y él dijo: "Me alegro de que hayas aceptado, porque me va a costar mucho menos tenerte como esposa que como vendedora". ¡Resulta que me estaba pagando tres veces lo que ganaba una vendedora común! ¡Quería asegurarse de que no me fuera a ningún otro lugar! ¿Qué te parece?

—Es una gran historia, Baba.

—Así que ahora ya sabes cómo lo conocí y cómo me casé con tu zeide. Hemos estado juntos desde entonces, en los tiempos difíciles y los buenos momentos también. —Baba suspira y pregunta—: No me digas, ¿lograste escribir todo eso?

—Escribí cada palabra, Baba.

—Entonces un día serás escritora, *shayna maideleh*.

Estoy tan feliz que abrazo mi máquina de escribir Royal. Y luego digo: "Baba, tienes que seguir contándome historias, así tendré cosas inspiradoras que escribir".

—Naturalmente, *shayna maideleh*. Y tal vez, algún día, les cuentes mis historias a personas que nunca me conocieron. De esa forma, las historias nunca se olvidarán.

—Eso haré, Baba.

—Yo sé que lo harás, *shayna maideleh*. Escuchas con atención y eso te convierte en una buena guardiana de historias. Estoy segura de que todos mis recuerdos están a salvo contigo.

el muñeco de nieve

Es la víspera de Año Nuevo y Mami está haciendo, para el postre de medianoche, un gran flan con una docena de huevos. La escucho en la cocina, partiendo y echando los huevos en un tazón, y me doy cuenta de que, ahora que puedo sentarme, podría ayudarla.

—¡Mami, tráeme el tazón! ¡Y los huevos! Yo los puedo batir por ti.

—Mi niña, buena idea. Mientras tanto, yo puedo hacer el caramelo de azúcar.

Todavía quedan nueve huevos por romper y echar en el tazón. Tengo cuidado al batirlos uno por uno hasta que se ponen amarillos y cremosos y luego, cuando termino de batirlos todos, le pido a Mami que me traiga la leche y la vainilla para mezclar esos ingredientes.

—Aquí tienes, Mami.

—Ahora lo verteré en la sartén con el almíbar de azúcar y dejaré que esa sartén flote en otra sartén llena de agua y luego la voy a meter en el horno. A eso lo llamamos "baño de María". Para que el flan no se queme.

Justo antes de que el reloj marque la medianoche, Mami trae un plato de uvas, y ella, Papi e Izzie se reúnen alrededor de mi cama. Mientras contamos hacia atrás en espera del nuevo día, seguimos la costumbre cubana de comernos doce uvas lo más rápido posible. Se supone que trae buena suerte. Y luego todos decimos: "¡Feliz Año Nuevo!".

Minutos más tarde, Baba y Zeide vienen a decir "Feliz Año Nuevo", y tío Bill, tía Sylvia, Dennis y Lily vienen a decir "Feliz Año Nuevo".

Dennis y Lily tienen cornetas de fiesta, y las soplan y hacen tanto ruido como pueden. Saltan con Izzie y juegan al cogido, persiguiéndose unos a otros por el cuarto, hasta que finalmente tío Bill dice: "Cállense, niños. Tengo que dar un discurso". Se aclara la garganta, espera a que todos le presten atención: "Feliz Año Nuevo, querida familia. Deseemos solo cosas buenas en este año que acaba de empezar. Sobre todo, esperemos que Ruthie se levante de la cama y vuelva a caminar. ¡Quiero verla jugando al pon como solía hacerlo!".

Extiende las manos y todos hacen un círculo alrededor de mi cama.

Hay lágrimas en los ojos de Mami, en los ojos de Baba, en los ojos de Sylvia, en los ojos de Zeide.

Papi dice: "¿Por qué están llorando? ¡Es Año Nuevo! ¡Estemos contentos!".

Entonces Izzie señala hacia la ventana: "¡Miren, está nevando!".

La nieve cae en copos esponjosos. La vemos reflejada en el resplandor de las bombillas. Nieve. Nieve. Nieve. Despacio. Despacio. Despacio.

Todos miran a través de la ventana. Bárbaro, qué bonito. Es la primera nevada de la temporada.

Zeide sonríe: "Me recuerda cuando estaba creciendo en Rusia. Viajaba junto a Mamá y Papá y hermanos y hermanas en nuestra carreta tirada por caballos. De vez en cuando se nos quedaba atascada en la nieve. Nos deteníamos a desatorarla y armábamos una tiradera de bolas de nieve; nos reíamos y les metíamos nieve en las camisas a nuestros hermanos hasta que quedábamos empapados, y luego empujábamos la carreta y retomábamos el camino. Qué días esos".

Tía Sylvia dice: "Como nacimos en Cuba, nunca vimos nieve. Entonces me casé con Bill y vine a Nueva York. Todavía me parece mágico, cómo esa manta blanca se extiende sobre todas las cosas y el mundo se torna tan tranquilo".

Izzie se aleja de la ventana y anuncia: "¡Quiero hacer un muñeco de nieve! ¿Podemos hacer uno mañana?".

—¡Sí, un muñeco de nieve, un muñeco de nieve grande! —gritan Dennis y Lily, dando vueltas y vueltas en círculos.

Tío Bill responde:

—Tal vez hagamos un muñeco de nieve. Pero ustedes, niños, tienen que comportarse.

—¡Sí, nos portaremos bien! ¡Nos portaremos bien! —Dennis y Lily responden.

Tío Bill le guiña un ojo a Mami: "¿Y es que no vamos a comer nada en esta casa?".

Mami se ríe. "Casi se me olvida", dice.

—Sí, ¿qué pasó con el flan, Mami?

—Ay, mi niña, déjame ir corriendo a buscarlo.

Mami lleva puestas sus sandalias doradas de lamé para Año Nuevo y va corriendo a la cocina. Regresa con el flan, que está tan brillante y dorado como sus bonitas sandalias. Su corteza de azúcar oscura se ha agrietado en la parte superior y el almíbar se derrama por los lados y en el plato. Mami corta el flan y todos se acomodan alrededor de mi cama y comen felices.

—¡Esto es lo que yo llamo un flan excelente! —anuncia tío Bill.

Mami dice con orgullo: "Ruti me ayudó a prepararlo. Batió los huevos aquí mismo en su cama".

—Muy rico —dice tía Sylvia—. Eres una buena ayudante, Ruti.

Me toca una rebanada normal de flan. ¡Por fin! Qué deliciosa es esta mezcla de leche, huevos y azúcar quemada. Sabe a Cuba, a un sueño que casi puedes recordar.

Por la mañana, escuchamos un golpe en la puerta. Son Chicho y Mark. "¡Feliz Año Nuevo!", le dicen a Mami, Papi e

Izzie. Entran a mi habitación y vuelven a decir: "¡Feliz Año Nuevo!".

Están cubiertos con abrigos, botas, guantes y gorros de esquiar. Chicho me mira con ese brillo en los ojos: "¿Dónde está tu abrigo de invierno?".

—Pero tú sabes que todavía tengo que quedarme en la cama, Chicho. Este no es un yeso para caminar.

—Yo lo sé, mi cielo. Pero Mark y yo te vamos a sacar afuera de todos modos.

—¿Pero cómo? No puedo levantarme. El médico lo dijo.

Mark se quita el gorro de esquiar y me lo pone en la cabeza. "¡Te queda bien!".

Me lo quito y se lo tiro a Mark:

—¡Paren! ¿Qué están haciendo? ¿Se están burlando de mí?

—No, mi cielo, por supuesto que no —dice Chicho—. Por favor, Mark, díselo tú.

Mark le da vueltas al gorro de esquiar con una mano por un rato, luego lo lanza al aire y lo atrapa.

—¡Sorpresa! Ruthie, ¿adivina qué? Tengo dos muy buenos amigos que trabajan en el mismo hospital donde yo trabajo y resulta que piensan que tú eres una jovencita muy valiente. Hablamos y ellos decidieron pasar por aquí y darte un regalo especial de Año Nuevo. ¡Te van a sacar para que juegues en la nieve!

Los dos amigos entran. ¡No! ¿Qué? ¿Cómo es posible? Creo que debo estar soñando. Pero ahí están. ¡Son Bobbie y Clay!

Clay dice: "¡Hola, Ruthie! ¿Estás lista para salir?".

Y Bobbie dice: "¿Tienes tu abrigo? Trajimos la camilla y también te trajimos una manta calentita.

Mami me desliza mi abrigo sobre los hombros: "¡Diviértete, mi niña!".

Izzie se pone su abrigo. "¡Se lo voy a decir a Dennis y a Lily!", dice, y se va corriendo escaleras abajo mientras nosotros llegamos al ascensor.

Los escalones de la entrada del edificio están resbalosos, y Bobbie y Clay me llevan con cuidado hasta la acera donde yo solía jugar a la rayuela en los viejos tiempos. Abren la puerta trasera de la ambulancia y sacan la camilla con rueditas, me colocan sobre ella y me envuelven las piernas con la manta.

Entonces Izzie llega corriendo con Dennis y Lily. Mark y Chicho los siguen con dos grandes palas.

—¿Nos ponemos a trabajar? —pregunta Chicho.

Izzie, Dennis y Lily gritan: "¡Yay! ¡Hurra!".

Hacen un muñeco de nieve. Mark y Chicho amontonan nieve con sus palas, creando el torso. Izzie, Dennis y Lily le dan palmaditas a la nieve, dándole forma redonda a la cara. Entre una cosa y la otra, se lanzan bolas de nieve el uno al otro.

Izzie me trae una bola de nieve: "¡Aquí tienes, Roofie, tírala!". Agarro la bola de nieve en la mano, esponjosa y compacta, los copos atrapan la luz del sol. Entonces la lanzo. La tiro al aire y la veo caer y disolverse en destellos.

Estoy feliz. ¡Tan feliz!

Bobbie y Clay me aplauden: "¡Buen tiro!, dice Bobbie. Y Clay: "*Yeah!*".

Se quedan a ambos lados de mí, mirando para asegurarse de que no me resbale de la cama. Cuando estoy con Bobbie y Clay, siento que nada malo me volverá a pasar.

—¿Qué opinas? Ese va a ser un muñeco de nieve inmenso —dice Bobbie.

—Me alegro de poder verlo —responde Clay—: ¿Qué te parece, Ruthie?

—Está hermoso —digo.

Pero su amabilidad es aun más hermosa. ¿Debería decirles eso?

—Bobbie... Clay... Ustedes... Este... Gracias...

Estar afuera de nuevo, ver la nieve tan blanca y suave, sentir el aire fresco en mis mejillas, pensar que Bobbie y Clay vinieron el día de Año Nuevo solo para sacarme y para que yo pudiera disfrutar de una mañana de invierno... No puedo evitarlo. Siento unos deseos enormes de echarme a llorar.

—*Kid*, escucha, no te pongas sentimental con nosotros —dice Bobbie.

Y Clay agrega: "Querida, ahora escúchame, vinimos hoy porque quisimos".

Chicho se vuelve hacia nosotros, sonriendo de oreja a oreja: "¿Qué opinas, Ruti? ¿Te gusta nuestro muñeco de nieve? ¿Quieres ponerle la nariz y vestirlo?".

Mete la mano en uno de los bolsillos de su abrigo y saca una zanahoria. "¿Qué te parece esto para la nariz?". Del otro bolsillo, saca un gorro y una bufanda de lana andrajosos.

Bobbie y Clay me acercan al muñeco de nieve, y yo extiendo la mano y pongo la zanahoria en el medio de la cara del muñeco de nieve, le dejo caer el sombrero en la cabeza y le envuelvo la bufanda alrededor del cuello.

Recuerdo la historia de Zeide sobre arrojar bolas de nieve a sus hermanos en Rusia y creo que un día, cuando sea mayor, recordaré este momento y el amor que sentí, lanzándole bolas de nieve a mi hermano y haciendo un muñeco de nieve mientras mi pierna derecha aún dormía en un yeso.

Todos estamos admirando nuestro muñeco de nieve, pero ha empezado a hacer frío. Estoy temblando y sé que Bobbie y Clay no pueden quedarse aquí todo el día.

Una voz familiar me llama: "Ruthie… ¿Ya estás mejor?".

Lleva un abrigo azul claro y una boina negra. Tan sofisticada.

Pero no quiero hablar con ella. Ella no es mi amiga. He estado postrada en cama durante ocho meses y solo vino a visitarme una vez y salió corriendo tan rápido como pudo.

—Hola, Ruthie... ¿No te acuerdas de mí? Soy Danielle.

No le presto atención.

—Bobbie, Clay, creo que es hora de subir. Me estoy cansando.

—Claro, *kid* —dice Bobbie.

Bobbie y Clay me suben a la camilla y, con el mismo cuidado, suben los escalones conmigo a cuestas hasta mi edificio. Izzie, Dennis y Lily los siguen, empapados de jugar en la nieve y listos para calentarse en el interior.

Danielle se queda en la acera, elegante, de pie junto a nuestro muñeco de nieve. Cuando Bobbie y Clay están a punto de entrarme al edificio, me doy la vuelta y la miro. Ella asiente y me sonríe. Pero no le devuelvo la sonrisa.

el caparazón ahora está dentro de mí

Joy me trae un calendario para el nuevo año: 1967. En menos de lo que canta un gallo, ya había arrancado el mes de enero, y luego el mes de febrero es tan corto que pasa volando. Y hoy es el lunes 13 de marzo. Es hora de ir al hospital y hacerme otra radiografía.

El doctor Friendlich levanta sus pobladas cejas y, por primera vez, sonríe.

—¡Finalmente! La fractura ha sanado. Ya no necesitarás otro yeso.

—¿De verdad? ¡¿Está seguro?!

El doctor Friendlich se ríe: "Por supuesto que estoy seguro".

Miro mi pierna derecha, que no va a necesitar otro yeso. No la había visto en diez meses. Está tan peluda como mi pierna izquierda.

—La enfermera te va a ayudar —dice el doctor Friendlich—. Te pararás en tu pierna buena. Deja que la otra pierna cuelgue a su lado. No le hagas fuerza. ¿Quieres intentarlo?

—¡No! —respondo.

—Ruthie, vas a tener que empezar a superar el miedo —dice la enfermera. Me hala el brazo izquierdo y lo engancha alrededor de su brazo derecho—. Ahora, acércate al borde de la cama y mueve la pierna izquierda.

Avanzo con lentitud. Soy una tortuga sin caparazón visible. Pero el caparazón ahora está dentro de mí y ha crecido duro y brusco.

No puedo levantarme. No, no puedo. No.

El doctor Friendlich suspira. "Bueno, Ruthie, has avanzado hasta aquí. Ahora tendrás que aprender a caminar de nuevo, como una bebé".

—¡Pero no me acuerdo de cómo caminar!

—Ruthie, ten fe. Te acordarás.

El doctor Friendlich me da unas palmaditas en la cabeza como solía hacer. Escribe algunas palabras en mi historial médico. "Te daremos muletas y mandaremos a una enfermera a tu casa, que te enseñará a usarlas".

—¿Qué pasa si no quiero levantarme de la cama?

—Puedes quedarte inválida por el resto de tu vida. ¿Es eso lo que quieres, niña? Me mira intensamente, esperando mi respuesta.

—¿Entonces?

—No sé.

—Un poco de temor es normal. Pero después de eso, depende de ti.

El doctor Friendlich se da vuelta y sale, seguido de la enfermera. Entonces aparecen Bobbie y Clay, dando grandes y felices zancadas, como si de repente todo estuviera perfecto.

Bobbie dice: "¿Ves, *kid*? Tomó un tiempo, pero lo lograste".

Clay agrega: "Sabíamos que lo lograrías, cariño. ¡Eres mi héroe!".

Yo no sé por qué Bobbie y Clay me felicitan. Yo no he hecho nada. Solo he estado acostada esperando a que se me sanara la pierna y ahora no sé si alguna vez podré levantarme de la cama.

Incluso sin el yeso, Bobbie y Clay todavía tienen que llevarme en la camilla. Las cosas no se sienten muy distintas a como eran antes.

Clay me guiña un ojo: "¿Qué dices? ¿Encendemos la sirena a todo volumen?".

—Puede que sea la última vez que nos salgamos con la nuestra —agrega Bobbie, riendo.

—Está bien —respondo.

Pero se me revuelve el estómago mientras volvemos a la montaña rusa rumbo a Queens. Esta vez soy yo quien aprieta la mano de Mami, en la parte trasera de la ambulancia.

Tía Sylvia está esperando en la acera. Le pregunta a Mami: "¡¿Ya?!".

Mami responde alegremente: "Ahora sí".

Hay una mirada de alivio en ambos rostros.

Tía Sylvia pregunta: "¿Cuánto tiempo antes de que pueda volver a caminar?".

Mami responde: "No lo sabemos. Tiene que aprender de nuevo y tiene mucho miedo".

Tía Sylvia asiente: "Y tú tendrás que tener paciencia de nuevo".

Mami suspira. "Ya lo sé, ya lo sé".

Escucho todo lo que dicen de mí, pero finjo no escuchar.

Luego, Bobbie y Clay me llevan arriba, a mi cama, como siempre.

—Adiós, *kid* —dice Bobbie—. Hazte fuerte y no mires para atrás.

Clay dice: "Oye que te lo digo, un día te olvidarás de que una vez te rompiste una pierna".

—Eso espero —les digo—. ¡De verdad los voy a extrañar!

—¡Es mejor que nos extrañes a que nos necesites de nuevo! —dice Bobbie y Clay se ríe.

Recogen la camilla vacía y, un segundo después, desaparecen.

¿Por qué tienen que pasar cosas malas para aprender que hay mucha gente buena en el mundo?

Entonces alguien toca a la puerta. Es Chicho. Viene a la habitación y dice: "Hola, Ruthie, estoy muy contento de que te hayan quitado el yeso. Ahora aprenderás a caminar y todo volverá a la normalidad".

—Tengo miedo de levantarme de la cama, Chicho.

—Pero lo harás de todos modos, mi cielo. Ten fe.

—Chicho, ¿por qué te ves tan triste?

—Tengo que volver a México.

—Pero no te vas a ir para siempre, ¿verdad que no?

—No lo sé todavía. Verás... mi papá murió. Se sentó en su silla favorita para leer el periódico y su corazón se rindió. Así nomás. Ahora mi madre está sola.

—Oh, Chicho, lo siento mucho.

Quiero darle a Chicho algo para consolarlo y recuerdo el pañuelo bordado de Cuba que Mami me regaló.

—Toma, Chicho —le digo, pasándoselo.

—Gracias, mi corazón. Es muy dulce de tu parte ofrecerme un regalo tan hermoso.

—Es de Cuba. Lo único que me queda de Cuba.

—Oh, no, mi niña, quédatelo entonces. Estoy agradecido por tus lindas intenciones.

—Quiero que te quedes con él. Por favor.

—Bueno, si insistes.

—Sí, insisto, Chicho.

—Gracias. Sé que lo voy a necesitar.

Se lleva una esquina del pañuelo a la cara y se seca las lágrimas que se han formado en sus ojos.

—Este es solo el comienzo, Ruti. Sé que derramaré muchas lágrimas cuando llegue a México. Es terrible que haya perdido a mi padre, pero aún más terrible que no haya podido despedirme de él. Me fui y vine a los Estados Unidos y no hice las paces con él. Ahora no sé si mi casa está en México o aquí.

—Chicho, ¿no dijiste que amas Nueva York?

—Sí, sí, y así es, pero hay mucho en qué pensar, mija. No sabré nada hasta que esté de regreso en México. Es la tierra de mis antepasados. Necesito poner los pies en ese suelo y ver cómo me siento. He echado de menos las tortillas calientes de mi madre y muchas más cosas de las que puedo nombrar.

—Pero te fuiste de México para respirar libremente. ¿No respiras con libertad aquí?

—Y estoy agradecido de esa libertad, pero mis raíces ahora me llaman.

—Prométeme que regresarás, Chicho.

—Lo intentaré, mija. Y yo quiero que sigas mejorándote. ¿Me prometes que te levantarás de la cama e intentarás caminar?

—Está bien, Chicho, lo intentaré.

Pero después de que se va, vuelvo a tirarme en la cama y miro el techo. No creo que vaya a ceder hasta que él regrese.

bienvenida otra vez al mundo

Mandan a una enfermera para que me enseñe a caminar con muletas, pero cuando ve que no quiero levantarme de la cama, se rinde enseguida: "No voy a forzarte. Si no quieres caminar, entonces quédate ahí".

La siguiente enfermera es más amable: "Cariño, sé que has estado postrada en cama mucho tiempo, pero tienes que levantarte e intentar caminar. Vamos, por favor, inténtalo".

—No puedo.

—Sí, tú puedes. Deja que te enseñe, por favor.

Me da pena con ella. Puedo ver una lágrima en sus ojos cuando se va.

Mami está que echa chispas: "¿No estás cansada de hacer pipi y caca en la cama?".

Lo estoy, lo estoy, lo estoy, lo estoy, lo estoy, lo estoy, lo estoy, lo estoy, estoy cansada.

Pero no puedo levantarme de la cama.

Estoy muerta de miedo.

Entonces llega la tercera enfermera. Su nombre es Amara. Es de El Bronx y su familia es de Puerto Rico. Tiene una cicatriz en la mejilla, de una pelea callejera, dice. Es muy alta. Más alta que todos. Cuando se quita el suéter, le veo músculos en los brazos.

—Escuché que no quieres levantarte de la cama, jovencita. ¿Eso es verdad?

—Sí —digo, mis dientes castañeteando—. Tengo miedo de que la pierna se me vuelva a romper.

—Eso no va a suceder. No cuando estés conmigo.

Aparta las sábanas. Yo tengo puesta una bata de dormir con flores que me llega hasta las rodillas.

—Empecemos por quitarte ese pijama o nunca querrás salir de la cama. ¿Dónde está tu ropa?

Señalo la cómoda junto a la pared. Amara husmea un poco, elige algunas cosas y me las arroja.

—Aquí, ponte esta blusa y esta falda. Aquí tienes ropa interior. Empieza a acostumbrarte a usar ropa interior de nuevo. Vamos, póntela. No es tan difícil. Levanta las caderas y el trasero. Tú puedes. Usa los brazos. Es solo una lagartija hacia atrás. Deja de actuar tan frágil. No te rompiste un brazo también, ¿o sí?

Después de que me visto, Amara dice: "La única forma de lidiar con el miedo es tratándolo como a un invitado no deseado. Si sigues atendiéndolo, nunca te librarás de él".

Y luego, sin decir media palabra más, se acerca, me levanta y me arroja sobre su hombro derecho. Es tan rápida que ni siquiera tengo tiempo para asustarme. Un segundo después me para en el suelo, de modo que todo mi peso esté sobre mi pierna izquierda, y me coloca las muletas debajo de los brazos.

—No me gusta esto —me quejo—. Estoy tambaleándome.

—Has estado en cama durante casi un año. Tus músculos se han atrofiado. ¿Qué esperas? —me mira con su mirada dura de boxeadora—. Quédate ahí. No te muevas. Acostúmbrate a estar de pie.

—Siento que me voy a caer. ¿Ya puedo regresar a la cama?

—No, no puedes. Vas a caminar hasta la sala y vas a saludar a tu madre.

—Eso es demasiado. Por favor, no me obligues.

—Nenita, escúchame, no me agotes la paciencia el primer día.

Estoy a punto de llorar cuando veo que se acerca. Agarra las muletas y las hala con fuerza.

—¡Para! ¿Qué estás haciendo? Me voy a caer.

—Mueve el pie y no te caerás.

Salto hacia adelante con el pie izquierdo y alcanzo las muletas.

—Sigue haciendo eso una y otra vez y llegarás a la sala.

Mi pierna izquierda está débil, mis brazos están débiles y mi pierna rota, que ellos dicen que ya no está rota, se siente pesada, pesada, pesada.

Pero sigo adelante.

Amara me entrena como si estuviéramos en un ring de boxeo.

—Eso es todo. Muletas y luego pierna. Mantén el impulso. Respira, nena, respira. No estás buceando bajo el agua.

Resoplando y resollando, llego a la sala.

Mami comienza a llorar cuando me ve. "Mi niña, mi niña", dice. Me abraza con tanta fuerza que casi me tumba, pero Amara está ahí para atraparme.

—Hay cariños que matan —dice Amara en español, riéndose.

¡Ella también habla español!

—Así es —responde Mami.

Y las dos comparten una risita.

—¿Qué significa esa expresión? —pregunto.

—Significa que hay amores que pueden matarte —explica Amara—. Tu madre estuvo a punto de derribarte al suelo porque estaba muy feliz de verte. En otras palabras, demasiado amor puede ser peligroso.

Mami sirve café negro humeante en una de sus tazas diminutas y se lo pasa a Amara. "Un cafecito", dice sonriendo.

Amara saborea el café: "Gracias, qué rico. Perfecto de azúcar". Luego se vuelve hacia mí y dice: "Buen trabajo, nena. Has estado ahí parada con tus muletas por mucho tiempo. Ahora te voy a mostrar cómo sentarte en una silla y cómo levantarte después de haber estado sentada. Entonces tendrás el resto del día libre".

Gracias a Amara, puedo caminar por el apartamento, puedo comer en la mesa del comedor y finalmente puedo ir al baño sola.

Pero todavía me queda un largo camino por recorrer.

No puedo salir porque hay cinco escalones de la entrada del edificio hasta la calle. Todavía no sé cómo subir y bajarlos.

Unos días después, Amara abre de golpe la puerta del apartamento. "Llegó abril", dice. "Es hora de que tomes un poco de aire fresco. Salgamos al pasillo. Ahí aprenderemos a dar pasitos". Señala el empinado tramo de escalones que van desde nuestro sexto piso hasta el quinto más abajo.

En la parte plana, dice: "Vas a bajar una muleta hasta el primer escalón, lentamente, y luego bajas la otra muleta. Tú, firme. Luego, baja el pie izquierdo y deja que la pierna derecha lo siga. Eso es todo lo que hay que hacer".

Miro hacia abajo y veo la oscuridad al pie de los escalones. Parece la boca enorme de un dragón.

—No puedo.

—Está bien, intentemos *subir* los escalones primero. Será más fácil.

Presiona el botón del ascensor.

Me da miedo, pero la sigo hasta el ascensor y bajamos un tramo, hasta el quinto piso.

—Ahora, pon una muleta en el escalón, luego la otra muleta, y te levantas. Adelante. Estoy justo detrás de ti. Te atraparé si te caes.

Hago lo que ella dice. Las muletas primero. Me inclino hacia delante. Salto sobre mi pie izquierdo y me apoyo en él.

—¡No! ¿Lo hice?

—Sí, lo lograste, nena —responde Amara—. Continúa.

¡Subo otro escalón! ¡Y otro! ¡Y otro!

Cuando llego a la mitad de los escalones me asusto mucho.

—¡No te eches para atrás, nena! Vas a perder el equilibrio. Respira profundo. Estoy justo detrás de ti. Sigue adelante. Arriba, arriba, arriba. Ya casi estás ahí.

Cuando llego a la cima, siento que he escalado la montaña Everest.

—Lo logré —le digo a Amara—. Pero bajar seguirá siendo imposible.

Ella sonríe y la cicatriz en su mejilla se contrae un poco.

—Hoy es imposible. La semana que viene no. Ya verás.

Pero Amara se equivoca. Puedo subir los escalones con mis muletas fácilmente, subir, subir, subir, pero cuando me paro en la parte superior del tramo y miro hacia abajo, hacia abajo, hacia la boca oscura del dragón al pie de los escalones, mi cabeza da vueltas como una rosca.

—Nena, te saqué de la cama. Ahora quiero sacarte del edificio y llevarte a la calle. ¿Por qué haces que las cosas sean tan difíciles?

—Lo siento.

Me trago las lágrimas que resbalan por mis mejillas. Cómo desearía ser fuerte. Cómo desearía ser valiente.

—Mira, yo me voy a parar frente a ti mientras das cada paso. Si tropiezas, te atrapo. Déjame ser tu almohada.

Quiero complacer a Amara, pero los escalones son muy empinados y se extienden una eternidad. ¿Cómo voy a mantener el equilibrio sobre un pie y las muletas? Si piso en falso, me derrumbaré y me romperé el cuello y me romperé la espalda y me romperé la pierna y me romperé el cráneo y estaré tan rota que ni siquiera el doctor Friendlich podrá volver a armarme.

—¡Lo siento, lo siento! —digo, gimiendo patéticamente.

Estamos frente a la puerta del apartamento. La espalda de Amara se pone rígida, se voltea y presiona el botón del ascensor. Cuando la puerta se abre, entra y me mira enojada. "Está bien, nenita, me has agotado. Regresa a la cama.

Supongo que eso es lo que quieres ser por el resto de tu vida: una inválida".

La puerta se cierra y ella se va.

* * *

Colapso en mi cama después de que Amara se va. Solo me levanto para ir al baño y a comer cuando Mami me llama a la mesa.

Me voy a quedar en la cama por el resto de mi vida. ¿Qué tiene eso de malo?

Hay muchas cosas que puedo lograr en mi cama.

Me rodeo de todos mis libros. Puedo hacer todas mis tareas y ganarme muchas estrellas doradas de las que me da Joy.

Puedo escribir una lección al día en la máquina de escribir. Ya escribo cien palabras por minuto sin tener que ir a ninguna parte.

Puedo pintar en la cama como lo hacía Frida Kahlo. Acabo de hacer un cuadro de una niña rodando por los escalones enredada en sus muletas. Duele verlo, pero es hermoso.

Es increíble lo mucho que una niña puede lograr cuando se queda en su cama.

Deja que Amara regrese. ¡Ya verá!

Pero no creo que vuelva.

Unos días después, Amara llama a nuestra puerta. Mami le da un cafecito en la sala. Escucho a Mami decir: "Ha regresado a su cama. No sé cómo conseguirás que se levante de nuevo".

—Está bien, nena —dice Amara, entrando a la habitación—. Te di un respiro. Es hora de volver a trabajar.

Finjo que no me importa que haya regresado.

—Estoy bien en la cama. Mira todas las estrellas doradas que me ha dado mi maestra. Y mira todos los cuadros que he pintado. ¡Y puedo escribir cien palabras por minuto a máquina con los ojos cerrados!

—Eso está muy bien, pero allá afuera hay un mundo entero esperándote. ¿No quieres tocar las hojas de los árboles? ¿Sentir el sol entibiándote la espalda? —abre los brazos de par en par—. Vamos, nena, tienes que levantarte de esa cama.

—No, estoy bien.

—¿Qué hay de las amigas? ¿No te gustaría jugar en el parque con ellas?

—Se me olvidó lo que son los amigos y las amigas. Nadie viene a verme.

—Tal vez piensen que estás molesta con ellos. De todos modos, escucha, descubrí una forma fácil para que bajes los escalones.

—Nunca bajaré los escalones. ¡Jamás! Si me resbalo y me caigo, me voy a romper como Humpty Dumpty, en cientos de pedacitos, y entonces, ¿quién me va a unir otra vez?

—Escúchame, nena. Tú puedes bajar los escalones. Te voy a enseñar cómo. Estaba tan molesta el otro día que no podía pensar con claridad. Creo que tu problema es el vértigo. Y podemos encargarnos de eso. Vamos, nena, levántate por un momentito, *please*.

Veo que la cicatriz en la mejilla de Amara se estira cuando me guiña un ojo.

—Debiste haber estado en una pelea callejera bastante bárbara para que te hicieran esa cicatriz.

—Sí, estuvo chavona la cosa.

—¿Me puedes contar? Me gustan las historias. La voy a escribir a máquina.

—Bueno, siempre digo que fue una pelea callejera, así no tengo que entrar en detalles acerca de la verdadera historia. Mira, fue un vecino el que me hizo esto. Un día yo iba camino a casa de la escuela y no había nadie cerca. Él me detuvo y dijo que era su cumpleaños y quería que lo besara. "Vamos, solo un besito. No te dolerá", dijo. Cuando trató de abrazarme, lo empujé tan fuerte como pude. Yo veía peleas de boxeo en la televisión, así que sabía cómo contraatacar. Pero entonces, él sacó su cuchillo y me dejó un recuerdo de ese día.

Termino de escribir justo cuando Amara termina de contar su historia.

—¡Guau! Realmente aterrador, Amara. Y ahora tienes esa cicatriz para toda la vida.

—Todos tenemos cicatrices, Ruthie. Algunos tenemos cicatrices que se pueden ver y otros tenemos cicatrices que escondemos en lo más profundo de nuestro ser, con la esperanza de que nadie pregunte por ellas.

Se pasa los dedos con suavidad sobre la cicatriz y se permite entristecer por un segundo. Luego dice: "¿Y ahora qué te parece si dejamos de hablar y nos ponemos en movimiento? ¿Lista para levantarte de la cama?".

—Solo por un ratito, ¿verdad?

—Sí. Vamos, nena.

La sigo hasta la puerta principal y luego entramos al ascensor. Ella presiona el botón del quinto piso. Cuando llegamos, dice: "Lo único que tienes que hacer es subir un escalón. Eso es todo. Luego te paras. ¿Crees que puedes hacer eso?".

—*Okay*. Seguro.

Hago lo que ella dice: "¿Y ahora qué, Amara?".

—Voltéate despacito. Y gira las muletas. Eso es todo. Continúa hasta que estés mirando hacia adelante.

Extiende los brazos para poder agarrarme si pierdo el equilibrio.

—Es solo un paso. Baja una muleta, luego la otra. Pon ambas muletas en el escalón. Ahora levántate. Firme, firme. Bien, ahora coloca tu pierna sana en el suelo con suavidad. ¡Eso es todo! ¡Ya estás ahí!

—¡Lo hice! ¡Lo logré!

Amara me levanta en el aire, con muletas y todo, y me da un abrazo. Noto que está sudando tanto como yo.

—Ahora, ¿qué te parece si subes dos escalones y luego bajas dos escalones?

—¡Seguro!

Sigo adelante, doy tres pasos y bajo, luego cuatro escalones y bajo, luego cinco escalones y bajo.

Amara dice: "Vamos a parar aquí. Cinco escalones son más que suficientes en un día. ¿Quieres salir? Hay cinco escalones hasta la calle. Ahora ya sabes que puedes hacerlo".

Volvemos al ascensor y bajamos al primer piso. Amara me abre la puerta de entrada.

—¿Lista para salir?

—Sí, estoy lista.

Amara me observa bajando los cinco escalones. Muletas, luego pies; muletas, luego pies. Despacio y firme.

—¿Crees que puedas caminar un chispito?

—Creo que sí.

Estoy temblando de la emoción. ¡Estoy afuera!

Todo se ve borroso: los carros que pasan zumbando, el sol en el cielo, los árboles en flor, la mujer halando un carrito de compras lleno de comestibles. Me froto los ojos. Se siente como si estuviera soñando.

Alguien corre hacia mí.

—¡Ruthie, Ruthie!

Sé que es Danielle por la voz, pero no puedo distinguir su rostro hasta que está parada frente a mí.

Danielle ignora el letrero "*Keep Off the Grass!*", y arranca una flor diente de león de la tierra.

Me la da. ¿Debería aceptarla? Estaba enojada con ella. Pero ahora estoy demasiado feliz para estar enojada.

Cuando tomo su regalo, Danielle dice: "Para ti, Ruthie. Bienvenida otra vez al mundo".

Parte V

SI TUS SUEÑOS SON PEQUEÑOS, SE PUEDEN PERDER

amiga verdadera

Hoy es mi primer aniversario. Ha pasado un año completo desde el accidente.

Joy dice que debería terminar el año escolar en P.S. 117 con mis compañeros de sexto grado. "Encajarás perfectamente. Has hecho las mismas tareas, además de lectura y matemáticas adicionales. Y puedes escribir cien palabras por minuto a máquina. ¡Y eres una artista en ciernes!".

Amara está de acuerdo con Joy: "Ruthie, tienes que volver a tu vida normal e ir a la escuela".

—¿Ir al colegio? Pero, ¿cómo voy a cargar mis libros? Acabo de aprender a bajar los escalones. Y soy muy lenta. ¿Qué pasaría si los otros niños agarran mis muletas? ¿Y si me tumban?

—No te preocupes —dice Amara—. Yo te llevaré a la escuela y pediré que un voluntario de tu clase llegue temprano y se vaya temprano contigo todos los días. Tendrás todo el tiempo necesario para subir y bajar los escalones.

Mami me compra un suéter blanco cuello de tortuga para usar con un mono rojo y un par de zapatos de montar, seguros y resistentes. Es la primera vez que uso zapatos en ambos pies desde que salí del yeso, aunque todavía no puedo poner el pie derecho en el suelo.

Me apresuro para seguirle el ritmo a Amara en mis muletas, mientras nos dirigimos a P.S. 117. Hay niños corriendo por todos lados: en el patio, en los pasillos. Parecen trompos. Si uno de ellos choca conmigo, me va a tumbar.

Ojalá pudiera dar la vuelta e irme a casa. Pero subo los escalones con Amara hasta el aula. Los otros niños ya están en sus pupitres. La señora Margolis, la maestra, viene a la puerta y dice: "Hola, Ruthie, bienvenida de nuevo. Siéntate, por favor". Señala un asiento al frente de la clase. Agarrándome de las muletas, me bajo, sintiendo los ojos de todos sobre mí.

Amara anuncia: "Ruthie necesita un voluntario que la acompañe a la escuela y la lleve a su casa todos los días. Tendrá que venir temprano a la escuela con ella e irse temprano de la escuela con ella, hasta el último día de clases".

La señora Margolis abre los ojos y les sonríe a los estudiantes: "¿A quién le gustaría ser el o la ayudante de Ruthie?".

Mira alrededor del aula. Todos los niños miran sus escritorios o por la ventana. Nadie quiere ser voluntario. Yo sé por qué. El voluntario no podrá jugar al cogido o saltar la suiza con los otros niños antes o después de la escuela. Se perderá de la diversión por culpa de la inválida que debió haberse quedado en su cama.

Una mano se levanta. Una mano muy segura se eleva en el aire.

—Maestra, yo seré la voluntaria.

—Gracias, Danielle. Por favor, intercambia asiento con Mary, para que puedas sentarte al lado de Ruthie.

Danielle flota al acercarse. Siento su cabello tocar ligeramente mi brazo cuando se sienta. Una mariposa se posó sobre mí.

Ese primer día de regreso al salón de clases, anoto todo lo que dice la señora Margolis. Cuando escribe en la pizarra, tengo que entrecerrar los ojos para ver lo que escribe. Miro una y otra vez el cuaderno de Danielle por encima del hombro para asegurarme de que lo estoy haciendo bien. Danielle se da cuenta y acerca su cuaderno para que me sea más fácil.

A las tres menos cuarto, la señora Margolis anuncia: "Danielle, puedes irte ahora con Ruthie".

Danielle se pone de pie, recoge mis libros y los suyos. Cojo mis muletas y me levanto. Todos nos miran cuando salimos juntas del aula.

Cuando salto con mis muletas, Danielle ajusta su velocidad para que podamos caminar una al lado de la otra. Me abre la puerta cuando llegamos al tramo. Veo la oscuridad al pie de los escalones y siento un nudo en la garganta. Estamos en el tercer piso y tengo que llegar a la planta baja antes de que todos los niños salgan.

Empiezo mi descenso, muletas, luego pie, muletas, luego pie, muletas, luego pie. Danielle se queda a mi lado, dando un paso a la par conmigo.

Finalmente llego al borde de los escalones y escuchamos el timbre de la escuela.

—No te preocupes, podemos lograrlo —dice Danielle.

Por si acaso, salto más rápido, extendiendo las muletas tan adelante como puedo para dar pasos más largos. Me duelen las manos de agarrar las muletas con tanta fuerza. Pero me alegra que hayamos logrado salir a la calle antes de que llegara la multitud de niños, gritando, corriendo y empujándose unos a otros.

Danielle camina conmigo hasta mi edificio. Señala el edificio al otro lado de la calle:

—¿Quieres venir?

—Seguro. Si Mami me deja.

Nunca he ido a la casa de otra niña en los Estados Unidos, a menos que cuente la casa de mi prima Lily.

Tomamos el ascensor. Mami me da permiso para ir a la casa de Danielle durante una hora. Entonces Danielle me traerá de regreso.

—¿Está tu mamá en casa? —Mami le pregunta a Danielle.

Danielle responde:

—Oh, sí, por supuesto. Mi madre me espera.

Mami mira a Danielle con curiosidad. "Recuerdo que tú también eres de otro lugar. ¿De Francia?".

Danielle dice: "No, señora, soy de Bélgica".

Cuando nos vamos, Mami me dice: "No te canses demasiado el primer día de regreso en la escuela. Vuelve en una hora como te dije".

—¡Pero no estoy cansada!

—Lo estarás más tarde —responde.

Aunque Mami me mira con severidad, puedo ver que está triste.

Le digo: "¿Extrañas que esté en casa con el orinal? Cómo nos divertimos, ¿verdad?".

—No seas chistosa —responde y se ríe—. Pero, sí, hay algo de cierto en eso. Extraño estar contigo.

Sé que Mami se siente sola. Es gracioso que ahora que puedo salir por mi cuenta, ella me quiera en casa.

* * *

Cuando llegamos, la mamá de Danielle, la señora Levy-Cohen, está en la cocina. Está vestida con un elegante traje de tweed, parada frente a una olla de agua caliente hirviendo.

—Entren, entren —dice alegremente.

Danielle me presenta. "Esta es Ruthie. ¿Te acuerdas que me dijiste que la visitara? Estuvo en cama por casi un año entero con una pierna rota".

La señora Levy-Cohen dice: "¡Uuh la la! Pobrecita. Pero estás mejor, ¿no?".

—Sí, mucho mejor —le digo—. Gracias por pedirle a Danielle que me visitara. Me sentí muy sola ese año.

—Yo le dije a Danielle muchas veces que fuera a verte —dijo—. Todos en el barrio sabíamos cuánto estabas sufriendo, Ruthie. Tu tía Sylvia se lo contó a todo el mundo. Pero no era necesario que nos lo dijeran. Te vimos cuando te llevaban de ida y vuelta en la ambulancia. Nos rompió el corazón.

Danielle baja la cabeza y susurra: "Lo siento. Yo no quería verte así, Ruthie. Tú eras la Señorita Rayuela Reina de Reinas. No era justo. ¿Cómo es que tú, de todas las personas en el mundo, terminaste en cama, sin siquiera poder sentarte? Eso me puso tan triste. Ese día que fui a verte, lo único que quería era llorar y llorar. Por eso no volví a visitarte. Te hubiera hecho sentir más miserable".

—¿Danielle te dijo lo que hizo? —dice la señora Levy-Cohen.

—Por favor, Maman, no se lo digas —suplica Danielle—. Ella no tiene que saberlo.

—Pero se lo diré, solo para que Ruthie se dé cuenta de que la tenías en tus pensamientos, aunque no fueras a visitarla, como debiste.

—No, Maman, pero si tienes que hacerlo…

La señora Levy-Cohen me mira y sonríe:

"Cuando Danielle supo que habías estado en un accidente automovilístico y que se te habían perdido tus botas gogó, ella se quitó las suyas y dijo que las guardaría para dártelas cuando te sanaras".

—Ven, te mostraré —dice Danielle, y me guía hasta su habitación. Las paredes están pintadas de rosado oscuro, un rosado de gente adulta, no un rosado escandaloso. Su colcha tiene un lindo diseño de enormes amapolas rojas y anaranjadas.

Danielle abre la puerta de su armario. "Mira", dice. Me muestra sus botas gogó, acurrucadas en papel encerado, descansando en la caja en la que vinieron. "Cuando las quieras, son tuyas".

—Gracias, Danielle. Pensé que no eras una amiga verdadera. Ahora sé que sí lo eres.

Pude haberlo sido. Pero te prometo que eso cambiará. De ahora en adelante seré una gran amiga.

Hay un delicioso olor a mantequilla proveniente de la cocina. Danielle me mira, sus ojos se iluminan. "¡Son los *puffs*! Huele como si estuvieran listos".

—¿*Puffs*? —pregunto.

—Son los mejores panecitos del mundo. ¡Espera a que los pruebes!

La mamá de Danielle nos llama desde la cocina. "Los panecitos estarán listos en cinco minutos, chicas. Lávense las manos primero, por favor".

—Sí, Maman. Por supuesto.

La señora Levy-Cohen puso la mesa con dos platos, dos tenedores y dos servilletas de encaje.

—Siéntense. ¡Rápido! ¡Los panecitos están en su punto!

La señora Levy-Cohen sale corriendo de la cocina con un plato de panecitos. Coloca cuatro en mi plato.

Muerdo el primero. No esperaba que estuviera relleno de natilla dulce. ¿Cómo pudo meter la crema dentro del panecito? Magia. Tan pronto como me como mis cuatro panecitos, la señora Levy-Cohen espera con otros cuatro más.

Danielle está feliz de que me gusten tanto. "Te dije que eran únicos".

La señora Levy-Cohen se ríe. "Danielle puede comerse una docena de panecitos en cinco minutos. Ella solo se los está comiendo despacio porque tú estás aquí. *Masha'allah, masha'allah*".

—Disculpe, señora Levy-Cohen, ¿qué idioma es ese?

—Hija mía, eso es árabe. Significa "Dios te bendiga". Lo decimos para evitar que a alguien le caiga un mal de ojo.

—Para que no te caiga una maldición —agrega Danielle—. Maman siempre tiene miedo de maldecirme.

—¿Pero también habla árabe? Pensé que era de Bélgica.

—Déjame intentar explicártelo —dice la señora Levy-Cohen—. Es una larga historia. Verás, *chérie*, yo soy originaria de Marruecos. Me mudé con mi familia a Bélgica cuando era niña. Es por eso que hablo árabe y francés, y ahora también inglés, con mi marcado acento. Lo que debería hablar es hebreo, porque soy judía, pero nunca lo aprendí.

Se pone de pie y comienza a recoger los platos.

—Espera, Maman, ¿nos puedes dar otro panecito? ¿Uno solito? ¿Por favor?

—Ya han comido demasiados, pero, como es la primera vez para Ruthie, haré una excepción. ¡Pero solo hoy!

Después de haber estado molesta con Danielle, ahora espero que sea mi amiga. Quiero comer panecitos en su casa para siempre.

¡Sí, ahora Danielle es mi mejor amiga! Todos los días voy a su casa después de la escuela.

La señora Levy-Cohen siempre nos tiene una sorpresa. Ella dice que no podemos comer panecitos todos los días, de lo contrario engordaremos tanto que no cabremos por la puerta.

—Queridas, deben comer saludable para no arruinar su figura.

Corta sandía y cuadraditos de queso feta y les traspasa un palillo que tiene una pequeña sombrilla en la otra punta. Nos da un plato de sopa de tomate caliente y me gusta mucho más de lo que pensaba. Nos hace sándwiches de pepino, con los bordes orlados para que parezcan flores, rellenos de finas rodajas de salami. Corta una toronja y coloca cada media luna ante nosotras con una cucharita especial que tiene los bordes puntiagudos para que podamos rasgar la pulpa. Hace batidos espumosos de melón.

Entonces, llega el momento de los panecitos de nuevo. Danielle y yo nos comemos una docena. Sentimos que hemos ido a la luna.

La señora Levy-Cohen nos hace a Danielle y a mí tan felices, pero Danielle dice que su mamá ha tenido una vida triste.

Mientras estamos sentadas haciendo nuestra tarea juntas, en la habitación pintada de rosado oscuro de Danielle, me dice: "Vinimos a los Estados Unidos para alejarnos de mi padre. Maman le pidió el divorcio".

—¿Por qué?

—Mi padre no era un padre muy cariñoso. Y era aun un peor esposo.

—¿Qué lo hacía tan malo?

—Siempre estaba en un café o en un bar, nunca en casa.

—¿Pero lo extrañas de todos modos?

—No. Apenas lo conocí. A Maman tampoco le hace falta.

—¿A pesar de que es tu papá?

—Es mejor no tener un padre que un mal padre —dice segura de sí.

—Tu mamá es tan valiente. Tú también lo eres —le digo a Danielle.

—Sí, somos valientes… la mayor parte del tiempo —agrega, y de repente se ve triste—. Anoche tuve una pesadilla, sin embargo. Alguien me perseguía en un callejón oscuro. Me escabullí en la cama de Maman y lloramos hasta quedarnos dormidas.

Así es como me doy cuenta de que, incluso Danielle, que es tan sofisticada, y la señora Levy-Cohen, que tuvo el valor de pedir un divorcio, incluso ellas, a veces, tienen miedo de estar vivas.

logro brillar en la clase de los niños inteligentes

Un sábado por la tarde, mientras Papi está trabajando e Izzie está jugando afuera, Mami me ve sentada en la cama, con un libro cerca de la cara y dice: "Háblame. Déjame escuchar tu voz. Siempre tienes la nariz metida en un libro".

—Mami, por favor, no me hagas sentir mal porque me gusta leer.

—Perdona, mi niña. Es que estoy un poco celosa. ¡Lo rápido que devoras todos esos libros, como si fueran bombones de chocolate!

—Los libros me salvaron durante todos esos meses que estuve en cama.

—Lo sé, mi vida. Pero ahora que estás mejor, tienes que disfrutar de la vida.

—Está bien, Mami, lo voy a intentar —digo, comenzando a sentirme un poco exasperada.

—Dime, Ruti, ¿en qué piensas?

—Todo está bien —digo, ansiosa por volver a mi libro—. He estado pensando en Chicho. Espero que le esté yendo bien en México. ¿Tú crees que vuelva?

—Eso espero. Él lleva felicidad dondequiera que va. Es pura alegría.

—Por lo menos puede ir y venir de su país. No como nosotros, que nunca más podremos volver a Cuba. Qué triste, ¿no?

—Ay, mi niña, nos estamos poniendo demasiado tristonas. Déjame peinarte —dice—. Tienes unos rizos tan bonitos ahora. Y pronto te convertirás en toda una señorita.

—Oh, Mami, ahora no.

El pelo me ha crecido, aunque todavía no está tan largo como antes.

—Por favor —insiste—. ¿Vas a estar enojada conmigo toda la vida?

—No estoy enojada. Puedes peinarme.

Con gentileza, Mami me pasa el cepillo desde mis raíces hasta las puntas, alisándome el pelo por un instante, hasta que recupera su rizado natural, como el cabello de Papi.

—Entonces, cuéntame sobre ese libro que estás leyendo y que nunca quieres soltar —dice Mami.

—Es un libro de mitología griega.

—¿Qué es eso?

—Historias antiguas sobre dioses y diosas que alguna vez vivieron en la tierra. Acabo de leer la historia del dios Apolo y la ninfa Daphne. Apolo adoraba a Daphne, pero ella quería ser libre, vagar sola por el bosque. Y él seguía persiguiéndola y persiguiéndola. Un día, estaba a punto de atraparla y ella llamó a su papá, que también era un dios, y le pidió que hiciera algo para que Apolo la dejara en paz. Su papá escuchó sus gritos. Mientras Daphne huía de Apolo, de repente se sintió espesa y pesada, su cabello se convirtió en hojas y sus brazos en ramas, y luego las piernas se le convirtieron en un tronco de árbol y los pies en raíces. Ella se convirtió en un árbol de laurel. Apolo estaba triste por haberla perdido, pero entonces usó sus poderes para convertirla en un árbol que permaneciera siempre verde, para que ella nunca muriera.

—Es una historia extraña y hermosa, mi niña, y la cuentas tan bien.

—Mami, cuando sea mayor yo quiero ser artista, y tal vez también escritora.

—Esos son sueños grandes.

—Pero no imposibles, ¿verdad?

—En mi época, las mujeres no soñaban en grande. Bastaba con casarse y ser una buena esposa y cuidar de los hijos. Ahora es diferente. Pero tú todavía tienes que crecer. Una madre tiene que cuidarte, para que te conviertas en una adulta.

—Mami, nunca me voy a olvidar cómo me cuidaste. *I love you*, Mami. Te quiero.

Digo las palabras en español e inglés, para que sepa cuánto significa para mí.

—Ay, mi niña, *I love you too*... ¿Lo dije correctamente? Mi inglés está mejorando, ¿no?

—Sí, Mami, está mucho mejor. Ahora puedes ir y venir por todas partes. Y puedes defenderte en inglés, si es necesario, ¿verdad?

—Así es, mi niña. A ese cajero de Dan's Supermarket, el que siempre me molestaba, finalmente le dije: "¡Déjame en paz o voy a llamar a la policía!". Ahora baja la cabeza cuando me ve.

—¡Echa, Mami! Qué bárbara. ¿Pero tú y yo podemos seguir hablando español para que nunca se me olvide?

—Por supuesto, Ruti, por supuesto. —Sus ojos brillan intensamente, sin la nubosidad habitual de sus lágrimas—. Espero que te des cuenta de lo orgullosa que estoy de ti. Dime por favor que no me querrás menos cuando crezcas y te conviertas en artista y escritora.

—¡Me alegra que tengas tanta fe en mí, Mami! No te preocupes, te amaré cuando sea famosa. —Sonrío al pensarlo y luego me preocupo cuando miro el libro en mi regazo y tengo problemas para distinguir las palabras impresas—. Mami, no había querido decirte nada, pero creo que algo anda mal con mis ojos. Tengo que sostener el libro muy cerca de la cara para poder leer.

—Oh, no, mi vida, tal vez necesites espejuelos.

—Pero esa es la cosa: yo no quiero usar espejuelos. Porque entonces no solo seré la niña que necesita muletas, sino que también usa espejuelos. ¡La gente va a sentir pena de mí!

—Vamos, mi niña, no pensemos así. Si necesita espejuelos, los usarás y mantendrás la cabeza en alto.

Al día siguiente vamos al oculista y él pregunta: "¿Puedes ver alguna de las letras?".

Solo puedo ver las dos filas de arriba: la letra grande E, la F y la P de abajo.

—La vista se te ha deteriorado —dice el médico.

Le cuento sobre mi pierna rota y que me quedaba mirando el techo por mucho tiempo y que leo dos o tres libros todos los días en la cama.

—Eso lo explica todo.

Me recetan espejuelos y me pongo unos negros que parecen de adultos, con monturas de ojos de gato. Danielle cree que me hacen lucir muy sofisticada. Al principio, me sentía rara, pero después de unos días se me olvida por completo que los estoy usando.

Con los espejuelos, veo grietas en las aceras, los pétalos en los dientes de león, los botones iridiscentes de nácar en la blusa de Danielle, y todas las palabras, oraciones y problemas de matemáticas que la señora Margolis escribe en la pizarra. ¡Me encantan mis espejuelos!

Joy tenía razón. Estar en cama un año me dio una ventaja sobre los otros estudiantes y la escuela se me hace fácil. ¡Ahora brillo en la clase de los niños inteligentes!

Todos los días en clase, la señora Margolis nos hace preguntas: "¿Alguien sabe lo que significa esta palabra? ¿Alguien sabe de qué libro he tomado esta oración? ¿Alguien puede decirme cómo resolver este problema de matemáticas? ¿Alguien sabe cuál es la capital de Utah? ¿Alguien se sabe los nombres de todos los océanos del mundo?".

La señora Margolis mira alrededor para ver quién levanta la mano. Ella puede contar conmigo, yo siempre la levanto. Levanto tanto la mano que la señora Margolis se ha acostumbrado a decir: "¿Alguien además de Ruthie sabe la respuesta?".

Cuando camino a casa desde la escuela con Danielle, ella dice: "Ruthie, un día vas a ser maestra. Eres tan inteligente".

Pero cuando pasamos por la acera donde solíamos jugar a la rayuela, me pongo triste.

—Sin embargo, no sé si algún día volveré a jugar a la rayuela.

—¡Por supuesto que lo harás, Ruthie!

—Tú puedes jugar si quieres, Danielle. No me importa. De verdad.

Danielle niega con la cabeza. "No, *chérie*. Yo soy tu amiga y no quiero jugar a la rayuela hasta que tú puedas jugar".

Nos sentamos en un banquito en el parque al lado de nuestros edificios, acompañando a las señoras que van al salón de belleza una vez a la semana y protegen sus peinados con redecillas aseguradas con horquillas.

Izzie, Dennis, Lily y los otros niños de nuestro bloque juegan al cogido o a lanzar y agarrar la pelota. Han tirado sus chaquetas y libros de texto en el suelo y chirrían como pequeños pájaros con deleite.

—Danielle, ve a jugar.

—Está bien. No me importa.

—Tengo una idea. Danielle, vete a jugar y yo te voy a dibujar.

Tengo una libreta y algunos lápices de colores en mi mochila y empiezo a dibujar. Danielle es tan elegante que el cabello no se le alborota cuando corre. Es rápida. Los otros niños no pueden alcanzarla. Y es refinada como un galgo, así que dibujo su cara y sus ojos oscuros, pero le doy el cuerpo de ese perro con piernas largas y elegantes.

Cada par de minutos se acerca a mí, preocupada.

—¿Estás segura de que no quieres que esté aquí contigo? —pregunta.

—Estoy bien —le aseguro—. Vete. Yo puedo seguir dibujando.

Ella sale corriendo, pero mira hacia atrás para asegurarse de que esté dibujando.

Cuando termina de jugar, se acerca y le muestro mi dibujo.

—Esto es para ti, Danielle.

—*Très jolie!* —dice—. *Merci.*

—Ojalá que nunca te canses de ser mi amiga —le digo.

—Por supuesto que no, *chérie*. Somos amigas verdaderas y eso es de por vida.

El sol parece brillar con mayor intensidad cuando Danielle me dice esas palabras.

no puedes abrazar la pared por siempre

Oigo llegar a Amara. Como de costumbre, primero se toma un cafecito con Mami en la cocina. Entonces Amara grita: "Bueno, Ruthie, ¡Es hora de ponerse a trabajar!".

Salto para ir a saludarla, orgullosa de lo ágil que ando con mis muletas. Se acerca y agarra la muleta de mi mano izquierda.

—Está bien, ya tuviste suficiente de esto. Es hora de hacer la transición a una sola muleta.

—¡Espérate! ¿Por qué siempre te gusta sorprenderme?

—Porque a estas alturas, te conozco bastante bien, nena, y a menos que te pille desprevenida, no intentas nada nuevo.

—¡Pero estoy acostumbrada a las dos muletas! ¡No es justo! —gimo.

—Nena, escucha, lo único que tienes que hacer es mantener el equilibrio sobre tu pierna izquierda y en la muleta que tienes en la mano derecha. Ahora, da un paso adelante con la pierna derecha. Esa pierna está sana. Es más fuerte de lo que era antes de que te la rompieras.

—No puedo.

—Sí, tú sí puedes.

Ella se lanza hacia mí, me agarra la pierna derecha y la empuja hacia adelante. Para no caerme, termino poniendo mi peso en esa pierna, la pierna rota.

—Lo hiciste, nena —dice—. ¡Bingo!

Por un segundo puedo arreglármelas. Un segundo después me asusto. Amara desliza una silla debajo de mí justo a tiempo.

—¿Por qué me obligaste a hacer eso? No estaba lista.

—No te enojes conmigo, Ruthie. Diste un paso, tu primer paso. Estás aprendiendo a caminar de nuevo. Como una bebé.

Después de una semana, me acostumbro a ser una criatura de tres patas.

Entonces, Amara regresa una vez más y dice: "Dame esa muleta. Tienes que empezar a caminar por tu cuenta".

—Por favor, Amara, todavía no.

—Te acostumbrarás demasiado a la muleta y será más difícil dejar de usarla. Déjame ver... Ya, tengo una idea. —Extiende los brazos hacia mí—. Espera. Imagina que soy una cuerda.

—Tengo miedo. ¡No quiero volver a romperme la pierna!

—¡Oh, nenita! Tienes tantos miedos que podrías poner un carrusel a dar vueltas durante días. Yo sé que has pasado por mucho. Pero créeme, tú puedes hacer esto. No te dejaré caer.

Agarro los fuertes brazos de Amara, aferrándome por mi vida con ambas manos mientras ella se inclina hacia atrás. Me deslizo hacia adelante como si estuviera sobre una capa de hielo.

—Está bien, es un comienzo. Tómate un descanso e inténtalo de nuevo mañana cuando te despiertes. ¿Me lo prometes?

—Seguro que sí —digo.

Pero a la mañana siguiente, cojo mi muleta y no la suelto en todo el día. Y lo mismo sucede la mañana siguiente, y la siguiente después de esa.

Amara esta decepcionada conmigo otra vez.

—Pensé que a estas alturas ya habrías arrojado esa muleta al incinerador.

—Por favor, no me la quites —le ruego.

—A veces hay que tirarse de clavado antes de nadar. Creo que ya lo sabes. Ven, salgamos al pasillo.

Sigo a Amara fuera del apartamento. De repente se voltea y me arrebata la muleta de la mano.

—¡Si la quieres, ven a buscarla! —declara y corre hacia el otro extremo del pasillo.

—¡Amara, dame mi muleta!

—Vamos, nena, tú puedes. Paso a paso.

Con las piernas temblorosas, retrocedo hasta llegar a la pared. Apoyada contra la pared, me siento segura. Sigo avanzando lentamente, de lado, hasta que llego a donde está parada Amara.

—Buen comienzo —dice Amara—, pero no puedes apoyarte contra la pared para siempre. Suelta la pared y camina hacia mí. —Ella camina hacia el medio del pasillo y extiende los brazos—: Aquí, ven aquí.

—Por favor. Hoy no.

—Nena, solo inténtalo.

—¡No puedo! ¡Me rindo! ¡No me importa! ¡¡Quiero volver a la cama y ser una inválida por el resto de mi vida!!

Me vuelvo hacia la pared y extiendo los brazos, tratando de abrazarla. En ese momento se abre una puerta cerca de mí.

¡Es Chicho!

—Por fin regresaste. ¡Estoy tan feliz de verte!

—Mi cielo, ¿qué está pasando aquí? —pregunta—. Parece que estás caminando, ¡qué maravilloso! ¿Quieren entrar? Hay un poco de reguero en el apartamento. Regresé anoche y acabo de despertar. Todavía estoy desempacando. Traje cosas hermosas de México.

—Chicho, yo estaba empezando a preocuparme de que te hubieras ido para siempre.

—Ruti, lloré mucho en México, pero decidí dejar todas mis lágrimas allá y regresar a Nueva York. Mi padre me dejó dinero. Y voy a hacer lo que siempre he querido: ir a una escuela de arte. ¡Empezaré las clases en el otoño! ¿No es emocionante? Pero, Ruti, ¡mírate! No más muletas, ¿verdad? ¡Qué bueno!

—Amara acaba de quitarme las muletas, así que estoy como que caminando. Lo que pasa es que tengo miedo de hacerlo por mi cuenta. Pero puedo caminar si me apoyo contra la pared.

Chicho sonríe y me guiña un ojo juguetonamente. "Qué lindo de tu parte, mi corazón, ser tan buena amiga de la pared. Estoy seguro de que ella está muy agradecida por tu amistad".

Me hace reír cuando dice eso. Pero todavía estoy molesta conmigo misma. "Tengo que poder caminar sin usar la pared. ¿Por qué no puedo ser valiente?".

—Todo lleva tiempo. Cuando siembras una semilla, la flor no brota de inmediato. Necesita sol y lluvia y muchos meses en la tierra para que la plántula se convierta en una planta y florezca. Tú estás a punto de florecer. Tengo una idea. ¿Puedes entrar? —Y se vuelve hacia Amara—. Usted también, por favor.

Chicho abre la puerta y yo avanzo lentamente, apoyándome contra las paredes de su apartamento.

—¿Qué piensas de mis paredes, mi niña? Las pinté de azul y verde, como los colores de Veracruz, mi ciudad natal, que está al lado del mar.

—¡Me gustan, Chicho!

—Ahora mira hacia arriba. ¿Qué ves?

—¡Son piñatas!

—Así es, mija. Me encantaban las piñatas cuando era niño. Eran siempre lo mejor de las fiestas de cumpleaños. Entonces pensé: ¿por qué no tener piñatas a mi alrededor? De esa forma puedo verlas todo el tiempo. Creo que también son obras de arte, ¿no crees?

—Sí, Chicho, ¡sí! ¿Me dejas tener una para mi cumpleaños?

—Por supuesto, por supuesto. Ándale. ¡Puedes tomar cualquier piñata que quieras!

—Chicho, ¿qué es eso en la sala? ¿No tienes un sofá?

—Esas son hamacas, mi cielo. Decidí que los sofás eran demasiado aburridos e incómodos, así que colgué las hamacas. Cuando mis amigos vienen, nos mecemos, y si nos cansamos, nos echamos ahí mismo a dormir tan felices como unos bebés.

Enciende el tocadiscos: "Escucha esto".

Suena la música. Un hombre canta en español. Suena como si estuviera atrapado bajo la lluvia, con la ropa empapada, y no tuviera adonde ir a calentarse los huesos.

—Es Carlos Gardel. Hermoso, ¿no es así? Tango.

—¿Por qué es tan triste? —pregunto.

—El tango es música para los tristes. El tango es música para ayudarte a llorar. Para que puedas deshacerte de tu tristeza. Y puedas volver a ser feliz.

—Yo no quiero llorar. Quiero ser valiente.

—Entiendo, mija. Pero el llanto puede ayudar a veces. El tango también es un baile. Los hombres y las mujeres se abrazan y bailan toda la noche, como si el tiempo no existiera.

Sonríe y abre los brazos. "¿Puedo mostrarte?".

—No sé —digo.

Amara susurra suavemente: "Nena, confía en mí. Tu pierna está sana".

—Ruti, escucha a tu enfermera. Ella solo quiere lo mejor para ti. Ahora, si me das un abrazo, yo te doy un abrazo y podremos bailar tango —dice Chicho—. Incluso puedes cerrar los ojos, si quieres. Yo te guiaré.

—*Okay* —respiro profundo y camino hacia los brazos de Chicho.

—Solo sígueme —dice Chicho—. Cuando yo camino hacia adelante, tú retrocedes. Y cuando yo camino de regreso, tú avanzas.

De alguna manera, con Chicho sosteniéndome, me deslizo como un cisne. ¿Estoy bailando? ¿Soy una sonámbula? Cierro los ojos, meciéndome al ritmo de esa triste música. Lágrimas resbalan por mis mejillas, lágrimas que son un río, un río que desemboca en el mar que rodea a Cuba. Y soy una niña de nuevo en las calles de La Habana, elevada en el aire por la brisa. El mundo oscuro y polvoriento se aleja debajo de mí; y miro hacia abajo y veo mi yeso corporal, de un blanco reluciente, desde la cintura hasta los dedos de los pies, como se veía cuando me lo pusieron por primera vez. Pero ahora el yeso es la cola de mi pájaro emplumado y lo estoy usando para volar más y más alto.

La música suena, y escucho las palabras en español y las traduzco al inglés en mi cabeza, esas palabras tan tristes:

> *El día que me quieras...*
> *Florecerá la vida*
> *No existirá el dolor.*
> The day you love me...
> Life will flower again
> There will be no pain.

No me doy cuenta cuando termina la canción. Todavía estoy flotando en mis sueños. Escucho a Chicho decir: "Niña linda, te voy a soltar, ¿de acuerdo? Todo lo que tienes que hacer es imaginar que tienes un compañero invisible que te sostiene, y verás, podrás caminar por ti misma".

Chicho me suelta y extiendo los brazos y toco el espacio vacío a mi alrededor, imaginando que él todavía está ahí. Avanzo despacio, no sé cómo lo hago, pero mis piernas me llevan al centro del cuarto. Luego me detengo y miro a mi alrededor, sin aliento, agradecida, aliviada, sin aferrarme a nada, erguida.

—¡Sí, Ruthie, sí! —dice Amara, secándose las lágrimas.

—¡Amara, no llores! Eres demasiado fuerte para llorar.

—Tienes razón, nenita, tienes razón, pero incluso las nenas duras lloran a veces. Como dice Chicho, lloramos para hacernos más fuertes.

Chicho aplaude. "¡Bravo! Creo que esto requiere una piñata ahora mismo. ¿Por qué esperar hasta tu cumpleaños? Toma, mija, rompe esta, ándale".

Corre a la cocina y regresa con una escoba. La agarro y golpeo la piñata. Es un arcoíris en forma de estrella de ocho puntas. Lo golpeo con toda la fuerza de mi cuerpo y la rompo al primer intento.

Espero a que caigan caramelos de la piñata, pero no, es algo ligero como nieve, excepto que es de muchos colores distintos. Copos de nieve como pedazos de arcoíris caen silenciosamente sobre nuestras cabezas. ¡Es tan lindo!

—¿Qué opinas, Ruti? ¡Llené la piñata con confeti! ¿No está padre?

—¡Sí, Chicho! ¡Estás cubierto de confeti! ¡Y tú también, Amara!

Amara se ríe. "Nena, mírate en el espejo. Tienes suficiente confeti para un año".

Me volteo para mirarme en el espejo que cuelga sobre la mesa del comedor, y ahí es cuando noto el altar de Chicho. En el centro del altar está el dibujo que hice del pequeño Avik, ahora en un marco de madera. Hay una veladora que brilla intensamente junto a la imagen y una varilla de incienso de sándalo en el quemador esperando a ser encendida.

Creo que Avik me estaba cuidando en este momento. El pequeño Avik me vio dar mis primeros pasos por mi cuenta.

Recuerdo que llevo puesta la cadena que me dio Ramu. Nunca me la quito. Froto la medalla por un segundo y, en voz baja, digo: "Gracias, Shiva, dios del baile. Gracias".

la niña rota da las gracias

—Camina para adelante y luego de vuelta —me dice el doctor Friendlich—. Tengo que observar tu forma de andar.

Es vergonzoso que me observen mientras camino de un lado para otro.

—Jummm —dice mirándome por encima de los lentes; sus ojos muestran preocupación—. Ruthie, te voy a enviar a fisioterapia para que te ayuden a superar esa cojera. Tres veces a la semana. A veces, ese último cuarto de milla es el más difícil. Ves la línea de la meta, pero no sabes cómo vas a llegar allí. Pero tú has recorrido un largo camino, Ruthie. Yo sé que llegarás a la recta final.

—Gracias, doctor Friendlich. Espero que tenga razón. No lo creía al principio, pero usted ha resultado ser el médico más amable.

—Gracias, Ruthie —dice sonriendo—. Y espero también tener razón. Hice lo que pude para componerte la pierna. Ahora tienes que creer que está sana.

¿Los pensamientos pueden viajar y llegar incluso a aquellos que están lejos, del otro lado del océano? El doctor Friedlich me dijo que tenía que creer y Ramu me dijo que tratara de tener fe. Entonces, estoy pensando en Ramu cuando llega una carta de la India a nuestro buzón en Queens.

Querida Ruthie:

¿Cómo estás? ¿Te has recuperado de tu pierna rota? Eso espero. ¿Quizás a estas alturas estés jugando a la rayuela de nuevo?

No te voy a mentir. Los últimos meses no han sido fáciles. Extrañamos a Avik, pero pudimos llevar sus cenizas al Ganges y sabemos que su espíritu está en paz.

Aquí en la India creemos en la reencarnación. Eso significa que Avik no se ha ido. Él vive entre nosotros, en el aire, los árboles, las piedras, la tierra roja.

Tengo mucha familia en la India, más de cien primos. Tengo muchos otros niños con los que jugar.

Mi madre aquí no me cuida como lo hacía en América. Ella confía en que alguien siempre me cuidará, esté donde esté. Tal vez también se ha dado cuenta de que, incluso si me protegiera como un halcón, aún podrían suceder cosas terribles, por lo que ha soltado su agarre y me ha dejado ser libre.

Si tienes un poco de tiempo y te apetece escribirle a un viejo amigo de la escuela, envíame una carta, por favor. Solo me gustaría saber que estás bien. Escríbeme y di "Estoy bien" y eso será suficiente.

Tu amigo,

Ramu

PD: Cada vez que como guayaba aquí en la India, recuerdo los pastelitos de guayaba que hace tu madre y que me diste a probar una vez en la cafetería. Las guayabas son tan comunes aquí, pero en Queens parecían tan raras como el agua en el desierto.

Querido Ramu,

Es gracioso, estaba pensando mucho en ti y en Avik, y llegó tu carta. ¿Ondas cerebrales? ¿Magia? No sé. Pero estoy tan feliz de que me hayas escrito. He estado preguntándome acerca de ti.

Hay un hombre muy agradable de México que vive en tu antiguo apartamento. Su nombre es Chicho. Tiene un altar donde conserva una veladora para Avik y un cuadro de Avik que yo pinté. Mientras tenía el yeso, comencé a pintar y a dibujar. Cuando sea grande, quiero ser artista. El primer dibujo que hice fue de Avik. Siempre recordaré su dulce rostro.

También he empezado a escribir historias y espero también poder ser escritora. Mi mamá dice que tengo grandes sueños. Pero creo que, si tus sueños son pequeños, se pueden perder, y encontrarlos luego sería como intentar encontrar una aguja en un pajar (¡acabo de aprender ese dicho tan divertido!). Cuando un sueño es grande, puedes verlo mejor y aferrarte a él.

Ya casi estoy recuperada. Finalmente puedo caminar con ambas piernas, pero no puedo saltar ni correr, así que no puedo jugar a la rayuela. Tengo una cojera terrible. ¡Me columpio mientras camino como las ancianas del parque!

El doctor dice que la cojera debería desaparecer, pero que puede llevar mucho tiempo. O tal vez siempre seré coja. Hasta que deje de cojear, no sabremos con certeza si valió la pena o no ponerme el yeso en ambas piernas.

He aprendido que soy más cobarde que una gallina, Ramu. Todo se me ha hecho difícil: levantarme de la cama, aprender a usar muletas, bajar los escalones, volver a caminar.

Tu amiga,
Ruthie

PD: Todavía llevo puesta la cadena que me diste. Le rezo a Shiva y también al dios de mis antepasados; y a Frida Kahlo, que es la santa guardiana de los artistas heridos. Algunas personas no creen que debemos rezarle a más de un dios, pero me pregunto cuántas personas que dicen eso han pasado un año de sus vidas con un yeso corporal y luego intentaron levantarse y caminar de nuevo. No muchos, apuesto. Así que no me preocupo demasiado por lo que piensen los demás. Soy libre de ser yo.

Querido Dios, querido Shiva y querida Frida:

Me dirijo a todos ustedes, en primer lugar, para agradecerles por haber escuchado todas mis oraciones y también las oraciones que otras personas han rezado en mi nombre.

Me ayudaron a sobrevivir una experiencia terrible. Sé que todos ustedes me ayudaron a superarla.

Y tengo tanta suerte de tener a mi familia, a mis amigos y a todos los que me han cuidado.

Estoy feliz de poder caminar otra vez, incluso con mi cojera y mis feos zapatos. Pero, por favor, Dios, Shiva y Frida, sería bueno si pudieran ayudarme a superar mi cojera. Entre todos ustedes, sé que pueden lograrlo.

Me siento mal por el doctor Friendlich. Me puso un yeso corporal para que las piernas se me curaran correctamente, y ahora está decepcionado de verme cojear. Así que, si pudieran seguir adelante y hacer sus milagros, el doctor Friendlich no tendría que saber que en verdad fueron usted quienes lo lograron, con un poco de ayuda adicional de los santos en Cuba.

¡Gracias, gracias, gracias!
Ruthie

una nueva Ruthie

La escuela terminó, y Mami y yo tenemos la nueva rutina de tomar el tren los lunes, los miércoles y los viernes hasta la clínica en la avenida Continental. Debo verme chistosa cojeando al lado de mi bella madre con mis grandes zapatos de montar, los únicos zapatos resistentes y seguros para mis pies. La gente se me queda mirando, pero me he dado cuenta de que si los miro y sonrío, se sorprenden, y luego tienen que sonreírme.

En la clínica, veo a otras personas que se están recuperando de todo tipo de lesiones. Está el soldado que perdió una pierna y está aprendiendo a caminar con una prótesis. Su nombre es Jimmy y me dice: "Qué hubo, Ruthie". Está la trabajadora de la fábrica cuyas manos fueron aplastadas como tortillas de maíz por una máquina. Ella está tratando de recuperar la fuerza suficiente para poder hacer cosas simples, como comer con cuchillo y tenedor. Su nombre es María, y me dice: "Hola, corazón". Está la abuela que se resbaló en la ducha y se rompió la cadera y está aprendiendo a usar un andador. Es una señora muy sofisticada con el pelo plateado recién peinado en el salón de belleza y uñas de manicure pintadas de rojo. Su nombre es Lucy y me dice "Ruthie querida".

Jessica, la fisioterapeuta, me pone a hacer muchos ejercicios. Tengo que apretar una pelota de goma con las piernas. Debo levantar unas pesas que tengo atadas en el tobillo derecho. Tengo que acostarme boca arriba en una mesa con los pies plantados y levantar las caderas y hacer un puente con el cuerpo.

Creo que Jessica es demasiado hermosa para trabajar en una clínica deprimente con pelotas de goma y equipos de gimnasio oxidados. Tiene el pelo rubio platino y solía ser *cheerleader*, una animadora, en la secundaria.

—¿Te lanzaban al aire y te atrapaban? —le pregunto.

—¡Oh sí! Y podía pararme sobre los hombros de mis compañeras y dar vueltas como una bailarina y pararme en la parte superior de la pirámide de todas las animadoras.

—Ojalá hubiera podido verte. ¡Debes haber sido increíble!

—Eso fue hace mucho tiempo —dice, y por un segundo mira hacia otro lado con nostalgia, como si estuviera reviviendo esos días—. Los años pasan y las cosas cambian. Ya no eres quien que eras cuando eras menor. Así que es mejor que te guste la persona que eres ahora. Me siento bien ayudando a la gente que está pasando por un momento oscuro en su vida.

Ella sonríe con sonrisas enormes, aplaude y salta cuando avanzo un poquitito. Siempre está gritando: "¡Hip, hip, hurra!".

Pero mi cojera no desaparece.

—Lo conseguirás —dice Jessica—. No pierdas las esperanzas.

Cada vez que dice eso, asiento con la cabeza y recuerdo las palabras de uno de mis poemas favoritos de Emily Dickinson: "La esperanza es la cosa con plumas / que se posa en el alma".

Yo veo mucha esperanza en la clínica.

Veo esperanza cuando Jimmy da un paso tembloroso con su prótesis.

Veo esperanza cuando María lucha por sostener un tenedor en sus manos aplastadas.

Veo esperanza cuando Lucy camina arrastrando los pies en su andador.

—¡Adiós, Jimmy! ¡Adiós, María! ¡Adiós, Lucy! —digo al salir de la clínica—. ¡Hasta la próxima!

Y sonríen y me miran con ojos que saben que pertenecemos al mismo club. Somos los heridos del mundo, pero sabemos que tenemos suerte de recibir ayuda.

Cuando salimos de la clínica, Mami me lleva a mi lugar favorito. Cruzamos Queens Boulevard sin prisa, deteniéndonos en la isla central y esperando la siguiente luz verde del semáforo, aterrorizadas por los carros que van a toda velocidad. Finalmente llegamos.

Acurrucada detrás de dos viejos arces se encuentra la biblioteca pública. Nunca sé qué tesoros encontraré allí. Me encanta el viejo letrero de la biblioteca que nos saluda: "*Sing Out for Books*" (que literalmente significa: "Cante por los libros"; es decir: "Avíseme si necesita un libro o ayuda"). El cartel muestra a niños leyendo encima de un gran libro de cuentos, volando tan alto como la luna.

Todas las semanas tomo prestados más libros de arte, libros de cuento, libros de poesía y cualquier cosa que se me antoje. Los libros son pesados y Mami se ofrece a ayudarme, pero siento que debo cargar mis propios libros.

Cuando regresamos al barrio, Ava y June están jugando a la rayuela. Danielle está de pie mirando. Ella ha sido tan fiel y ha mantenido su promesa de no jugar a la rayuela hasta que yo pueda jugar.

Sonríe cuando me ve venir. Lleva puesto un bonito vestido de flores, perfecto para el clima soleado de verano.

—Volveré a bajar en un rato —le digo—. Tengo que dejar mis libros y estoy un poco cansada por la fisioterapia.

—Claro, Ruthie, entiendo. Te esperaré.

Subo con Mami y me siento en la silla junto a la ventana de la sala donde me gusta leer. Desde allí puedo ver lo que sucede en la calle. Me siento segura en casa. Quiero empezar uno de mis libros nuevos, pero veo que Ava y June se han ido. Danielle está sola en el borde del tablero de la rayuela, esperándome.

Le digo a Mami que voy a salir.

—Bien, mi niña, toma un poco de aire fresco —dice.

Al bajar los cinco escalones del edificio a la calle, recuerdo la primera vez que bajé esos escalones después de todos los meses siendo una inválida, con ambas piernas temblando, y con mis manos temblorosas agarrando las muletas. Y allí estaba Danielle, saludándome con un diente de león.

Ahora la yerba vuelve a estar verde y llena de dóciles flores amarillas de dientes de león. Todavía está allí el letrero que dice: "¡Manténgase alejado del césped!". Y no lo piso. Deslizo una mano a través de una abertura en la cerca y arranco un diente de león de la tierra.

Se lo llevo a Danielle y le digo: "Aquí tienes, para ti".

Danielle comprende el significado de este regalo y sonríe y dice: "¿Entonces, vas a intentar jugar a la rayuela? ¿Solo uno?".

—Está bien, Danielle —digo, sorprendiéndome a mí misma.

Veo a Danielle saltar sobre el tablero, tan elegante y ligera como siempre.

Cuando termina, dice: "Ahora es tu turno".

—Por favor, no me obligues.

—Pero dijiste que lo harías, Ruthie. Vamos, aquí no hay nadie, solo tú y yo.

—No puedo saltar todavía, Danielle. Ese es el problema.

—Está bien. Entonces simplemente cruza... Por los viejos tiempos.

—Está bien, solo porque me lo pides.

Estoy emocionada y asustada mientras me paro en el tablero de la rayuela.

Pongo los pies dentro de los cuadros y me preparo para moverme de extremo a extremo. Recuerdo a la niña que podía hacer esto tan fácilmente, que podía saltar por el tablero sintiéndose segura de que sus piernas la sostendrían. Ahora esta es una tarea difícil. Debo pensar en cada paso.

Lentamente, con cuidado, cojeo sobre la rayuela. Levanto la vista y veo a Danielle sonriéndome. Quiero complacerla. Creo que puedo saltar hacia adelante con el pie izquierdo, pero me estiro mucho y pierdo el equilibrio. "¡Me voy a caer!", grito. Danielle extiende una mano justo a tiempo, y la agarro y eso evita que caiga al suelo.

Danielle aplaude: "¡Bravo, Ruthie! ¿Ves? ¡Puedes hacerlo! Con práctica, mejorarás y serás la Señorita Rayuela Reina de Reinas otra vez".

—Gracias, Danielle, pero nunca volveré a ser la Señorita Rayuela Reina de Reinas.

—No digas eso, Ruthie.

—Danielle, ahora soy una Ruthie distinta. He pasado por una metamorfosis. Ahora soy una niña que lee libros y dibuja cuadros. Me gusta estar quieta. Me gusta la tranquilidad.

Ya no puedo volver y ser la vieja Ruthie. Esa Ruthie se ha ido para siempre.

Cuando veo lágrimas en los ojos de Danielle, tomo su mano y le digo: "Danielle, tengo mucha suerte de que siempre serás mi amiga verdadera".

Veo a Danielle dar un suspiro de alivio. "Ven, vamos a mi casa. Le pediré a Maman que haga panecitos para que podamos celebrar el nacimiento de la nueva Ruthie".

Al verme entrar por la puerta, la señora Levy-Cohen exclama: "¡Siempre es maravilloso verte caminar, *chérie*!".

—Pero todavía estoy coja —murmuro.

—Eso pasará —responde ella, agitando la mano—. Mientras menos pienses en eso, más rápido desaparecerá. —Y sonríe—. ¿Así que a las chicas les gustarían unos panecitos?

—¡Sí, sí, sí! —Danielle y yo respondemos con entusiasmo.

Nos comemos nuestras docenas de panecitos celestiales, y luego Danielle me lleva a su habitación rosada y saca las botas gogó negras del armario.

—Pruébatelas, Ruthie —dice.

—Pero es verano. Esperemos hasta el invierno.

—No, pruébatelas ahora, para ver si te gustan.

Me siento en el borde de la cama de Danielle y me quito mis torpes zapatos de montar. Me pongo las botas. Están hechas del cuero más suave. Subo el zíper y siento las botas abrazando las piernas con ternura. Mis pies se sienten como si se hubieran hundido en la sedosa arena de Playa Vaquita, en Cuba.

Me levanto de la forma cautelosa en la que he aprendido a moverme. Pero me siento tan bien con las botas, que mi cuerpo se relaja y, sin pensarlo, pongo el mismo peso en ambos pies.

Danielle sonríe: "Creo que te quedan a la perfección, Ruthie. ¡Te ves muy bonita, muy *chic*! ¡Van bien con tus espejuelos y tus libros! ¿Por qué no caminas en ellas y ves cómo se sienten?".

Doy un paso adelante primero con mi pierna izquierda, mi pierna buena, como estoy acostumbrada a hacer. Mi pierna derecha, mi pierna mala, la sigue. Pero cuando doy el siguiente paso, y el siguiente, algo inesperado sucede. ¡De repente confío en mi pierna rota! He estado poniendo todo mi peso en la pierna izquierda, tratando de proteger la derecha. Por eso he estado cojeando.

Sigo caminando con las botas de Danielle. Siento que puedo caminar hasta el fin del mundo y volver de regreso.

Danielle aplaude y empieza a cantar:

> *These boots are made for walkin'*
> *And that's just what they'll do...*

—¡Vamos a mostrarle a mi familia que estoy aprendiendo a caminar bien de nuevo!

La señora Levy-Cohen aplaude también cuando salimos por la puerta. "Ves, *chérie*, ¿no te lo dije? Todo pasa, lo bueno y lo malo".

Cuando toco el timbre y Mami me ve con las botas, dice: "Ruti, ¿y de quién son esas botas que tienes puestas?".

—Son las botas de Danielle. Son un regalo para mí.

Danielle dice: "¡Mire cómo camina Ruthie! ¡Vea!".

Y entro en el apartamento, caminando con tan poca cojera que solo yo la noto.

—Mi niña, mi niña —grita Mami, riendo y llorando al mismo tiempo.

Izzie llega a casa y ve la conmoción. "Qué pasa aquí?", pregunta.

—Tu hermana ya no cojea. ¡Mira! —dice Mami.

Doy unos pasos hacia adelante y me devuelvo para mostrarle.

—¡Guau, Roofie! ¡Espera, espera que lo voy a decir a Baba y a Zeide!

Se apresura a bajar los escalones y en minutos regresa en el ascensor con Baba y Zeide, que acaban de llegar a casa de Super Discount Fabric, trozos de hilo y pelusa pegados en su ropa.

Y en ese momento Papi llega a casa. "¿Qué pasa? ¿Por qué está todo el mundo aquí?", pregunta. Me ve con las botas de Danielle y dice: "¿De dónde sacaste esas botas? Yo no te di permiso para usar botas negras".

—Papi, espera, no te enojes —le digo—. Estas son las botas de Danielle y algo mágico pasó cuando me las puse. Mira, puedo caminar de nuevo, sin cojear.

Camino unos pasos.

Papi y todos me miran y luego dejan escapar un suspiro ahogado como si todos hubieran salido a tomar aire al mismo tiempo.

"¡Dios mío, por fin!", dice Papi. Me envuelve con los brazos. Mami también. Entonces Baba y Zeide se besan, susurrando: "Ay qué bueno, qué bueno". Y Baba suspira y dice: "Ahora podré volver a dormir por las noches".

Me doy cuenta de que Papi tiene un paquete en la mano.

—¿Qué hay en esa caja? —pregunto.

Él sonríe: "Un regalo para ti, pero tal vez ya no lo necesites".

Abro la caja y aparto el papel encerado. Y ahí están: un par de botas gogó blancas nuevas, resplandecientes y brillantes como dos lunas.

Miro a Papi y me sonríe otra vez y asiente.

Me vuelvo hacia Danielle: "Estas botas son para ti… ¿Te gustan?".

—¡Me encantan! Son *très jolie* —dice, y se las pone.

Las botas le quedan perfectamente a Danielle, que flota con ellas puestas como un ángel.

Pienso que Danielle y yo estamos acicaladas con botas como si fuera invierno, recordándonos que habrá frío, días oscuros por delante. Pero, por el momento, la vida no puede ser más hermosa.

Enganchamos los codos, como dos Rockettes, y Danielle y yo cantamos a gritos nuestra canción:

These boots are made for walkin'
And that's just what they'll do...

En minutos suena el timbre. ¡Es Chicho! Nos escuchó desde el final del pasillo.

—¡Qué amigos más falsos! —dice, sacudiendo la cabeza—. ¿Cómo pueden hacer una fiesta y no invitarme?

—La fiesta acaba de empezar, Chicho —Mami lo tranquiliza.

—¡Ruti está caminando sin cojear! Son las botas que Danielle le dio. Son mágicas.

—¡Qué maravillosa noticia! Sabía que este día llegaría. Déjenme traer algo para la fiesta. Ruti, ¿quieres una piñata?

—¡Oh, sí, Chicho! ¡Sí!

Eso es suficiente para enviar a Izzie corriendo a decirles a Dennis y Lily. Antes de darnos cuenta, vienen jadeando escalones arriba. Tío Bill y tía Sylvia los siguen en el ascensor. Cuando me ven caminar con tanta facilidad, tía Sylvia derrama una lágrima y tío Bill dice con orgullo: "Ese médico no era bobo. Yo le dije que te dejara como nueva. Y eso hizo".

Chicho trae la piñata más grande que tenía en su apartamento. Tiene forma de corazón, papel sedoso rojo en el interior y rosado en los bordes.

—La estaba guardando para el Día de San Valentín, pero faltan muchos meses para eso y, de todos modos, creo que esta es una ocasión mucho mejor —dice.

—¡Quiero romperla! —dice Izzie.

—¡Yo también! —Dennis vocea.

—¡Y yo! —Lily le grita.

—También me gustaría intentarlo, si es posible —dice Danielle cortésmente.

—Todos tendrán una oportunidad de romperla —aclara Chicho.

Uno a la vez, le venda los ojos a Izzie, a Dennis, a Lily y a Danielle, y les da vueltas y vueltas, por lo que terminan de frente en dirección equivocada y no logran pegarle a la piñata.

Finalmente es mi turno. Dejo que Chicho me dé vueltas. Yo sé que él me colocará frente a la piñata para que pueda ser yo quien la rompa.

Le doy un golpe a la piñata con la escoba y, efectivamente, la golpeo en el primer intento.

El corazón de papel se deshace, lanzando su confeti multicolor sobre todos nosotros como una suave lluvia de verano.

Levanto las palmas de las manos para atrapar el confeti y algo que no puedo describir cae sobre mí.

¿Así es como se siente el recibir una bendición?

Debe ser. Porque una vez fui una niña rota y ya no lo soy.

Tengo suerte, después de todo.

Un día puede que incluso emprenda los viajes con los que soñé. La gente dirá: "Mírala, pasó un año en la cama y ahora viaja por todas partes". Pero dondequiera que vaya, sé que me sentiré más a gusto con los heridos del mundo, que mantienen la frente en alto por muy rotos que parezcan.

Me arranco la venda de los ojos y veo los últimos trozos de confeti salir del corazón de papel y llenar el aire de felicidad.

¡Pero espera! ¿Qué es ese sonido?

Música de Cuba...

Cha-cha-cha, qué rico cha-cha-cha...

Todos bailan y yo también bailo. Es tan fácil con las botas mágicas. Ligera, me siento como si fuera una niña pequeña en Cuba otra vez, levantada por la brisa, camino al cielo.

¿Y ahora qué pasa? Mi corazón de verdad, ¿por qué me duele?

Creo que también quiere abrirse.

Esa debe ser la forma en que mi corazón hace espacio para todo el amor que el mundo todavía tiene para dar.

fin

Nota de la autora: la Ruth adulta recuerda a Ruthie

Hace muchos años, escribí un ensayo, tratando de contar la historia del accidente que ocurrió en mi niñez desde el punto de vista de una mujer adulta que mira hacia atrás a la niña rota que una vez fue. No fue fácil contar esta historia. Lloraba mientras escribía. Entonces, cuando terminé, pensé: "Oh, qué bien, ya terminé con eso". Suspiré aliviada y seguí adelante. Pero en verdad, apenas empezaba a contarla.

Alguien, no recuerdo su nombre, solo que era mujer, leyó el ensayo y le gustó tanto que me pidió que habláramos por teléfono. Y me dijo: "¿Por qué no cuentas la historia desde la perspectiva de una niña?".

Ella tenía razón. Ruthie tenía que hablar por sí misma.

Cuando me senté a escribir *Lucky Broken Girl, Mi buena mala suerte*, mis recuerdos de estar en un yeso corporal por casi un año regresaron inundándome. Estos recuerdos no llegaron como una unidad coherente, sino en pedazos, como una vasija rota. Inicialmente, este libro era un caleidoscopio de viñetas. Esperaba encontrar documentos de esa época para enriquecer la historia. Recuerdo que guardamos por años uno de los yesos blancos en el fondo de un armario, pero luego nos mudamos a otro apartamento y nos deshicimos de él. A mi mamá le gusta compilar álbumes de viejas fotos familiares, así que le pregunté si había alguna de mí enyesada. "No, por supuesto que no", respondió, horrorizada de que le hubiera preguntado. Ellos no quisieron tomar ninguna foto de mí en esas condiciones, me dijo.

Esta es la historia que se suponía que yo olvidaría, pero confié en mis recuerdos. Y sí encontré la primera página en el *Daily News* con la noticia del accidente automovilístico. Pero, más que nada, confié en la verdad que mi cuerpo me contaba. Esta historia está grabada en mi fisiología, en mis nervios y en mis muchos miedos. Es lo que la gente llama "trauma". Todos los que han estado heridos saben a lo que me refiero. Quizás a todas las personas que han estado heridas les han dicho —como a mí— que "pudo haber sido peor". En otras palabras, no esperes mucha solidaridad. Recuerdo, siendo niña, haber sentido que era un error hablar acerca de mi dolor. Que era errado sentir dolor alguno. Enterré el dolor dentro de mí, donde solo yo podía sentirlo lacerándome.

Me tomó cincuenta años liberar ese dolor y honrar la voz de la niña rota. Me siento bendecida de haber encontrado las palabras para contar esta historia, aunque no le recomiendo a nadie que espere tanto. El dolor es dolor. Habla de él. Cuenta tu historia.

Pero no todo sucedió exactamente como lo cuento aquí. Necesitaba dejar volar mi imaginación. Hay cosas que desearía que hubieran ocurrido en la forma de cuento de hadas que es, por momentos, este libro. Nunca voltearon mi cama y anhelaba desesperadamente mirar por la ventana ese año que estuve en ella.

Sí, estaba en la clase de los niños tontos. Y sí, acabábamos de llegar a Nueva York como refugiados de Cuba cuando ocurrió el accidente automovilístico. Teníamos miedo. No teníamos dinero. No hablábamos inglés. No sabíamos si nos enviarían de regreso a Cuba. Y si hubiéramos tenido que salir corriendo de nuevo de repente, ¿qué habría sido de mí? Estaba inmóvil, una niña confinada en su cama.

Sentí que me tomó una eternidad levantarme y caminar. Cuando finalmente pude hacerlo, me pareció que tardaba una eternidad el dejar de cojear. La recuperación es un viaje y lleva su tiempo. Qué regalo es tener una segunda oportunidad en la vida cuando ya lo peor ha pasado.

A lo largo de esta terrible experiencia, muchas buenas personas intentaron ayudarme. Sé que exasperé a mi familia, pero me amaban y me cuidaban lo mejor que podían. La mayor parte de la responsabilidad de mi cuidado recayó sobre los hombros de mi madre. Ahora comprendo la carga que debió haber sido para ella. Yo tuve una amiga leal, Dinah, en la que está inspirado el personaje de Danielle, que sí era de Bélgica y que me permitió conocer los "puffs" de crema. Sigo agradecida con mi escuela pública de Nueva York por enviar una maestra a la casa para que yo no me retrasara. Esta intensa experiencia de aprendizaje me convirtió en lectora de por vida y en escritora. Y el doctor Friendlich era un médico que se preocupaba. Mientras escribía este libro, quise enviarle una nota de agradecimiento por todo lo que hizo por mí, pero me enteré de que había fallecido. Usé su verdadero nombre para honrarlo en esta historia.

Ruthie sigue viviendo en mí, en la Ruth adulta. Puede que no me creas cuando lo digo, porque me convertí en una mujer que siempre está viajando, una mujer inquieta que vive con una maleta en la puerta. Pero de vez en cuando, si me enfermo con fiebre o si me hieren las palabras crueles de alguien, si me siento débil e indefensa porque el mundo se siente demasiado grande, me vuelvo pequeña otra vez y me meto en la cama. Y entonces, tengo que decirte la verdad: es muy difícil, muy, muy, muy difícil para mí levantarme de nuevo. Me convierto en la niña del yeso, la niña del yeso blanco. Pero sé que, si se cuida a la niña rota, dejará de tener miedo. Así que tengo paciencia cuando Ruthie resurge, cuando regresa para saludar. Me quedo allí tumbada, en silencio, escuchando sus miedos, sus penas. Luego le digo adiós, reúno mis fuerzas, me levanto, abro la puerta y dejo que entre la luz del sol. Me convierto en la Ruth adulta y regreso al mundo, ya sin sentirme tan pequeña. Salgo, con las piernas un poco temblorosas, pero con el corazón lleno, y emprendo el siguiente viaje, confiando otra vez en la belleza y en el peligro de la vida.

Agradecimientos

Mi primera novela es una novela para niños, y así tenía que ser. Como niña inmigrante y como niña herida, me vi obligada a crecer muy rápido. No tuve la oportunidad de ser una niña durante el tiempo que hubiera querido. Escribir este libro me dio permiso de volver a mi niñez y de volver a vivir esa época y, mejor aún, me ha permitido hacerme una infancia más feliz de lo que realmente fue.

Nunca hubiera llegado a este punto si no hubiera sido por la amabilidad y generosidad de quienes creyeron en *Lucky Broken Girl [Mi buena mala suerte]*, y me instaron a darlo todo.

Estoy agradecida por todos los maravillosos amigos escritores de mi vida. Ann Pearlman, mi asombrosa compañera de escritura; Marjorie Agosín, una bella poeta del alma; y Rosa Lowinger, deslumbrante cubana, fueron mis primeras lectoras y me apoyaron cuando este libro no era más que una colección de recuerdos fragmentados. Rolando Estévez insistió en que tradujera el libro al español —cuando era solo un borrador— para que él pudiera leerlo, y nos mostró un gran cariño a mí y a mi historia, al crear ilustraciones en acuarela que me permitieron visualizar los personajes y el escenario. Sandra Cisneros fue la madrina con mano dura de este libro, inspirándome con su obra y empujándome a hacer que mi escritura fuera mejor que buena. El apoyo de Richard Blanco a mi poesía y escritura creativa a lo largo de los años ha sido un gran regalo. Y las palabras de apoyo de Margarita Engle cuando terminé el libro significaron mucho.

Mi agente, Alyssa Eisner Henkin, creyó en *Lucky Broken Girl* desde el principio, y su inquebrantable fe en la historia y en mis habilidades me dio la confianza que necesitaba para escribir desde el corazón. Estoy profundamente agradecida de haber tenido a Alyssa como mi guía en el mundo de la literatura infantil. Fue realmente emocionante cuando Nancy Paulsen eligió a *Lucky Broken Girl* para su sello. Adoro todos sus libros y soñaba con trabajar con ella. Nancy leyó mi trabajo con compasión, como si también fuera su historia, y sus sugerencias ayudaron a que este libro fuera mil veces más fuerte. Muchas gracias a ambas.

También deseo agradecer a Joyce Sweeney por una crítica del manuscrito que me brindó importantes herramientas para trazar la historia. Gracias a Sara LaFleur y al equipo de Penguin Random House. Y gracias a Penelope Dullaghan por la hermosa portada.

Mi esposo, David, leyó varias versiones y siempre dijo que eran maravillosas, brindándome el apoyo incondicional que no creo necesitar, pero que sé que sí necesito. Y mi hijo Gabriel, que también tuvo que enfrentarse a una lesión en la pierna cuando era niño, leyó el libro al principio y al final de esta jornada y me dio su bendición, lo cual me llena de alegría. Gracias, David, y gracias, Gabriel; tienen mi amor siempre.

Por último, pero no menos importante, hay una joven llamada Arianna que leyó un borrador inicial y me brindó comentarios muy reflexivos. Entonces, tenía nueve años y ya era una lectora seria. Arianna me dijo que le gustó la historia, pero que necesitaba algunos retoques aquí y allá para que se convirtiera en un libro. Tenía razón y el libro creció como resultado. Mientras escribía y reescribía, nunca perdí las esperanzas. Sabía que tenía que haber otros lectores jóvenes como Arianna que leyeran para vivir y que vivieran para leer, asegurándome que la lectura es uno de nuestros mayores tesoros humanos y que debe transmitirse de generación en generación, para que el mundo sea un mejor lugar para todos.

Acerca de la autora

Ruth Behar nació en La Habana, Cuba, y creció en Nueva York. También ha vivido en España y en México. Fue la primera latina en ganar una beca MacArthur "Genius Grant". Resultó distinguida con la James W. Fernandez Collegiate Professor of Anthropology en la Universidad de Michigan y recibió un doctorado *Honoris Causa* en Humane Letters del Hebrew Union College–Instituto Judío de Religión. Ha impartido conferencias, charlas y lecturas en universidades, centros culturales, ferias del libro y librerías, y ha sido invitada a hablar sobre su escritura en España, Israel, Japón, Italia, Irlanda, Nueva Zelanda, Bélgica, México, Argentina y Cuba.

Como antropóloga cultural, Ruth pone su corazón en todo lo que escribe. Su noción de "observadora vulnerable" es una de las ideas más referenciadas en el pensamiento social contemporáneo. Pero siempre ha sido una escritora creativa en primer lugar y, sobre todo, ha buscado formas de compartir ideas sobre la diversidad cultural y la búsqueda del hogar, invitando a otras personas a compartir el viaje al corazón de la experiencia humana.

Ruth siempre está en busca de formas emocionantes de difuminar la línea entre las memorias, la ficción y la realidad escrita. Es la autora de varios libros que se han convertido en clásicos: *A Translated Woman: Crossing the Border with Esperanzas's Story* [en español: *Cuéntame algo aunque sea una mentira: Las historias de la comadre Esperanza*] cuenta la historia de su amistad con una vendedora ambulante mexicana; *The Vulnerable Observer: Anthropology That Breaks Your Heart* es una travesía personal al corazón de la antropóloga que no puede observar a los demás sin sentir profunda empatía por ellos; *An Island Called Home: Returning to Jewish Cuba* [en español: *Una isla llamada hogar*] es la historia del viaje de Ruth a Cuba y su búsqueda de la vida que pudo haber vivido si sus padres hubieran decidido quedarse en la isla; *Traveling Heavy: A Memoir in between Journeys* [en español: *Un cierto aire sefardí: Recuerdos de mis andares por el mundo*] trata de lo que significa ser tanto inmigrante como viajera, y ofrece una nueva forma de pensar sobre las cosas que llevamos con nosotros cuando nos movemos por el globo.

Ruth es la editora de la antología pionera *Bridges to Cuba / Puentes a Cuba*, que reúne historias y poemas de cubanos dentro y fuera de la isla. Es coeditora de *Women Writing Culture*, que se ha convertido en un recurso crucial sobre las contribuciones literarias de las mujeres a la antropología. Su documental personal, *Adio Kerida / Goodbye Dear Love:*

A Cuban Sephardic Journey, distribuido por Women Make Movies, se ha proyectado en festivales de todo el mundo.

La poesía de Ruth está incluida en *The Whole Island: Six Decades of Cuban Poetry* y en *The Norton Anthology of Latino Literature*, entre otras importantes colecciones. Su cuento "La cortada" está incluido en la antología *Telling Stories: An Anthology for Writers*, editado por Joyce Carol Oates. Ruth ha publicado una edición bilingüe de su poesía, *Everything I Kept/Todo lo que guardé*. Junto al poeta Richard Blanco, lleva el blog www.bridgestocuba.com, un foro para historias cubanas que involucren el corazón a medida que la isla se mueve hacia una nueva era de su historia.

Para jovenes lectores, Ruth también ha escrito *Cartas de Cuba*, la inspiradora historia de una joven judía que escapa de Polonia para rehacer su vida en Cuba, y *El nuevo hogar de Tía Fortuna*, un libro donde la magia de la tradición y la familia se unen en tiempos de cambio.

Visita a Ruth en www.ruthbehar.com.